中國語言文字研究輯刊

初 編

許錟輝 主編

第15冊

秦簡隸變研究

黃靜吟 著

花木蘭文化出版社

國家圖書館出版品預行編目資料

秦簡隸變研究／黃靜吟 著 — 初版 — 新北市：花木蘭文化出
版社，2011〔民 100〕
序 2+ 目 2+154 面；21×29.7 公分
（中國語言文字研究輯刊　初編；第 15 冊）
ISBN：978-986-254-711-3（精裝）
1. 簡牘文字　2. 隸書　3. 研究考訂
802.08　　　　　　　　　　　　　　　　100016550

ISBN-978-986-254-711-3

9 789862 547113

中國語言文字研究輯刊
初　編　第十五冊　　　　　　　ISBN：978-986-254-711-3

秦簡隸變研究

作　　　者　黃靜吟
主　　　編　許錟輝
總 編 輯　杜潔祥
出　　　版　花木蘭文化出版社
發 行 所　花木蘭文化出版社
發 行 人　高小娟
聯絡地址　新北市永和區中正路五九五號七樓之三
　　　　　　電話：02-2923-1455／傳眞：02-2923-1452
網　　　址　http://www.huamulan.tw 信箱 sut81518@gmail.com
印　　　刷　普羅文化出版廣告事業
初　　　版　2011 年 9 月
定　　　價　初編 20 冊（精裝）新台幣 45,000 元

秦簡隸變研究

黃靜吟　著

作者簡介

黃靜吟，女，臺灣省屏東縣人。1997 年畢業於國立中山大學中文系，獲文學博士學位。曾任教於國立空中大學、國立中山大學、國立花蓮師範學院，現任國立中正大學中國文學系專任副教授。從事古文字、現代漢字、古漢語及古文獻的研究；講授文字學、古文字學、訓詁學、國學導讀、應用文……等課程。著有《秦簡隸變研究》、《楚金文研究》、《漢字筆順研究》、〈試論楚銅器分期斷代之標準〉、〈「徐、舒」金文析論〉、〈漢字筆順的存在價值析論〉、〈春秋三傳「滕侯卒」考辨〉、〈論項安世在古音學上的地位〉、〈從段玉裁"詩經韻表"與"群經韻表"之古合韻現象看古韻十七部的次第〉、〈《穀梁》：「大夫出奔反，以好曰歸，以惡曰入。」例辨〉、〈周禮井田制初探〉……等學術論作。

提　要

　　隸變，是漢字由小篆演變爲隸書的過程，是漢字發展史上的一個轉捩點，標志著古漢字演變成現代漢字的起點。有隸變，才有今天的漢字，可見得研究隸變不但對一個文字學者來說是非常重要的，對研究漢族文化的人也同樣重要。

　　一九七五年是秦簡首次出土，至本書撰寫時計發現了四批秦簡材料，分別爲——雲夢睡虎地秦簡、雲夢睡虎地木牘、青川郝家坪木牘、天水放馬灘秦簡。本書即利用此四批秦國簡牘材料，分析秦簡文字形構的演化，來論證隸書的起源與發展，進一步闡述隸變的方式和規律。

　　此四批秦簡均爲墨書文字，有許多字形不同於小篆反而同於籀文、古文，且又保留了許多古字形義；但更易、簡化、繁化和訛變的成分漸多，很多偏旁已是草體的寫法。橫豎交叉的筆畫處理，明顯斷開，簡短斬截的隸書筆觸也較醒目，橫畫的排迭已多帶隸意。由於處在隸變的階段，字體結構方式不夠成熟，字形也不統一，同一個字往往有不同的寫法，甚至同一字的偏旁也作不同的處理。整體而言，秦簡字形較小篆約易，與六國文字比較起來，是穩定而較具標準性、規範性的；秦簡的出現，使得隸書發展過程中向來空白的秦隸階段得以補足，也使得隸變的演化漸趨定形，異體字大爲減少，奠定隸楷發展之基。

序　言

目
次

序 言

　　古文字學興盛於清末，但一直以甲骨文、金文爲研究重心。戰國文字，由於材料繁多分散，歷來較不爲學者所重。其實戰國文字上承商周甲骨文、金文，下啓秦篆和隸書，如這個時期的文字不清楚，便會影響到對文字演變的通盤了解；而且，戰國文字與今習用之隸楷文字淵源較近，易於初學者研究，因此，筆者選定秦簡材料爲研究對象，擬構《秦簡隸變研究》一文。

　　關於秦簡文字的釋讀，前賢已有很好的研究成果，所以本論文主旨在分析秦簡文字與隸書的關係，希冀能掌握其文字演變規律，進而探索我國文字由分歧異形而至規範定形的過程。

　　本文稿撰寫期間，時遇瓶頸，幸蒙周師鳳五殷切指導，爲之解惑訂謬，及師母林素清女士的鼓勵，及得以完成寫作，謹此致最深切的敬意與謝忱。此外，諸位師長及同學不時予以指正，並提供寶貴意見及資料；家人及朋友的安慰與支持，均爲本文得以完成的原動力，在此一併致謝。

黃靜吟　民國八十二年春

第一章　緒　論

第一節　隸變的重要性

「隸變」一詞，最早見於宋郭忠恕《佩觽》卷上：

> 衛夢之字是謂隸省（本作衞寢），前寧之字是謂隸加（本作𡵂寷），
>
> 詞朗之字是謂隸行（本作𧥍朖），寒無之字是謂隸變（本作𡫌𣡡）。

郭氏所謂的「隸變」意指漢字由篆書向隸書演化過程中表現出來的形變。今天對隸變的定義是廣義的，即漢字由篆書到隸書的演變，稱爲隸變，也就是含括了郭氏所提的隸省、隸加、隸行、隸變四種，及訛變等方式。由篆書過渡到隸書，二者的差異並不僅僅在形體結構上，於筆勢上亦大相逕庭，如篆書用圓筆，隸書用方筆；篆書勻圓，隸書方折……等等。也就是說，篆書與隸書之間，不論在形體結構或筆勢態樣上的種種變化，均屬於隸變的範疇。

中國文字源於圖畫，故早期文字非常不定型，一個字有許多不同的寫法，偏旁的位置正寫反寫無別，左右上下無定；筆畫多寡不拘；事類相近之字在偏旁中往往可通用等現象紛陳。這種不定型的現象，直到兩周金文仍相當普遍。到了戰國時代，因政治的混亂、地域的區隔等因素，致「言語異聲，文字異形」，〔註1〕幾乎是諸國各有各的文字風格，文字的形體益顯紛歧。其後秦國統一天

〔註1〕《說文·序》：「其後諸侯力政，不統於王，惡禮樂之壞己，而皆去其典籍，分爲七國，田疇異畝，車塗異軌，律令異法，衣冠異制，言語異聲，文字異形。」

下，李斯、趙高等人整理正定小篆，統一文字，故文字趨於定型。然而其時民間通行的卻是隸書，因其較小篆簡省，又經程邈整理，故在使用上較小篆更爲普遍，廣爲民眾接受。自秦至漢，除了少數典重器銘用小篆外，其他民間通行，甚至官府文書，都是隸書。繼起的楷書，形體大致沿襲隸書，改變不大，故漢字眞正定型應屬隸書。

　　小篆雖省改古籀大篆，但仍保留了大部分文字構成的規律，至於其變異，則多屬形近而僞的僞變。到了隸書，則逾越了文字演變的常軌，破壞了文字原有的結構，以之與大小篆相比較，其僞變情形，往往匪夷所思。古文字因其象形的意味，故一筆一畫很難劃分；文字之可以完全分清筆畫，大致要從隸書開始。〔註2〕古文字偏旁位置不固定，到了隸書，不但位置固定，甚至臆造偏旁，混同了形體不同的字，同時也分化了形體相同的字，強異使同，強同使異。〔註3〕

　　從漢字發展的歷史來看，從商代的甲骨文一直到秦代的小篆儘管當中經歷了許多變化，但總的來說，仍是一脈相承的，屬於古文字的範疇。隸書的出現，是漢字發展一個重要的轉折點，從隸書開始，漢字開始進入今文字的範疇。事實上，小篆與隸書均源於古文字，二者皆行簡化，然而隸書之簡化尤甚於小篆。小篆至少仍保有「畫成其物，隨體詰詘」的象形遺意，故仍劃歸於古文字範疇。隸書卻以筆畫符號破壞象形字之結構，如水變作水，川流之形被橫豎撇捺等筆畫取代，失其象形原意，而成爲符號化的字體，因此許愼有「古文由此絕矣」之嘆。

　　在隸變的過程中，眞個是五花八門，無奇不有。因爲有時省改約易太無分寸，有些樣式便簡直成爲僞誤；復因其破壞文字結構過甚，使古今文字產生斷層，一般人不能識讀古文字，僅能據隸楷說字解經，以至有「持十爲斗，馬頭人爲長」的謬論出現。

　　隸變使漢字衝出了古文字的樊籬，拋開了象形結體的羈絆，實爲漢字形體演進史上一個空前絕後的大變革。欲探知漢字演變的實況，非得透過對隸變的研究不可，如此方能綴合古、今文字二大系統，而不致於忽略了文字演變中傳承的重要性。

〔註 2〕參考李孝定著《漢字的起源與演變論叢》一書，頁 173。

〔註 3〕參考蔣善國著《漢字學》一書，頁 203。

第二節　秦簡與隸變的關係

本文所謂「秦簡」實際上是秦代簡牘的省稱。《說文》釋簡・牘二字曰：

　　簡；牒也。（五篇上）

　　牘，書版也。（七篇上）

由《說文》所釋可知，簡和牘是兩種形制不同的書寫材料。簡字從竹，知其是竹製的，但也可以是木製的。在我國西北部所發現的漢簡如敦煌漢簡、居延漢簡等，便多是木質；迄今所見戰國簡則均為竹質，這大約是因為各地盛產竹木有異的緣故。牘是長方形的木版，表面削治平滑，文獻或稱為「版」。簡牘在商代應已存在，甲骨文中的「冊」字，就是一篇簡的象形。因竹木材質易朽，保存不易，故商和西周的簡，現在還沒有實物發現。目前考古出土的簡，年代最早的屬戰國前期。〔註4〕

在秦簡尚未出土前，欲探究秦隸的樣貌，就只能在一些戰國的文物上尋找，如郭沫若曰：

　　今傳秦代度量衡上和若干兵器上的刻文，和《泰山刻石》等比較起

　　來是草率急就的，無疑是草篆，大約也就是秦代的隸書吧。〔註5〕

郭氏因不確知秦隸的樣貌，故只能用「大約」一語做猜測。雖然在秦權量等器銘上可以看到部分帶有隸書意味的文字，但僅屬零星的材料。直到秦簡出土，秦隸才終於面世，世人也才得見成批用隸書寫成的文件。〔註6〕

由於秦簡的出土，也就可以證明秦權量詔版上的刻辭大多是秦隸。同時也證明隸書並不始於秦始皇時的程邈，隸書起源的年代可以更往前推。

小篆是古文字的終點，隸書是今文字的開始。隸書又可分為古隸和今隸（即八分書）。古隸是漢字演變的一個轉折點，它結束了過去古文字的形體，開闢了漢代以後今隸和真書的形體，是古今文字的過渡形式，是古今文字的分水嶺，

〔註4〕載籍所見最古的出土竹簡紀要，當為晉太康二年出土的汲冢竹書，惜已亡佚。現今所見最古的簡冊，當係 1978 年出土的隨縣曾侯乙墓竹簡，為西元前 433 年時器物。

〔註5〕參見郭沫若著《古代文字之辨證的發展》一文，頁 402。

〔註6〕關於隸書的起源與演變，楚簡、楚帛書也是重要的材料，但本文以秦隸為題，以秦簡為範圍，故從略。

因此，古隸是研究隸變的最佳材料。過去，學者僅能就漢代碑刻上所見的今隸來研究隸變，後來漢簡與漢代帛書又提供古隸作研究材料，但是秦簡年代更早其文字承周之遺緒，保留周文字形體較多，又經過李斯、程邈等人的整理，因此不管是小篆或隸書，其形構均較準確，訛誤較少，也就較方便初學者研究。

　　目前已出土的秦簡計有青川郝家坪木牘、天水放馬灘秦簡、雲夢睡虎木牘及雲夢睡虎地秦簡四種。惜因兩種木牘字數過少，天水放馬灘秦簡之圖版部分亦尚未發表，故本文在研究秦簡隸變問題時，以雲夢睡虎地秦簡爲主要材料，其他三種秦簡爲輔。盼日後能有更多的秦簡出土，以便做更全面的研究。

第三節　研究目的與方法

一、研究目的

　　秦簡出土後，學界討論情形熱烈，除整理校定釋文外，或以之補正歷史的缺誤，或以之校定經籍，或以之推究秦代制度，民俗等，成果非常豐碩。但在眾多論著中，卻鮮少涉及文字的研究，即或稍有涉及，亦多局限於單字片辭的考釋，對於文字之演化變革，蓋多闕如。

　　在漢字的演變過程中，可以概分爲古文字與今文字二個系統，二者約可以秦代做爲時代分界。古文字包括甲骨文、金文、籀文、六國古文及秦小篆等字體；今文字則指自隸書以下的各種字體。對於古文字的考察，前賢時彥論之眾矣。至於今文字的結構和發展變化的規律等問題，則鮮有人論及。而欲瞭解今文字演化之所從來，便不得不透過隸變的研究，秦簡則提供了研究的最佳材料。此即本文的研究目的之一。

　　再者，隸變是中國文字演變發展中的一個轉捩點，秦簡正處於隸變之初，仍保留了許多戰國古文、篆文等古文字的痕跡，又充分流露出演化過程中形體規範化的特點。因此若以秦簡爲主，再輔以漢簡、漢金、漢碑等材料，即可歸納出隸變的規律，進一步則可推究漢字規範化的過程、步驟。憑藉著隸變規律的分析，使得古今字體得以聯繫，不再出現斷層，這是本論文第二個目的。

二、研究方法

　　與楚簡、漢簡相較，秦簡出土較晚，數量亦較少，今所見僅四種，彌足珍貴。本文對秦簡做一概述，簡略介紹其發現經過、墓葬形制、隨葬器物、年代

墓主、簡牘形制及簡牘內容五項，以提供讀者認識秦簡之便，且反映出秦簡文字形成的背景。

而在秦簡文字形體的演變上，主要運用比較法，用各種古文字和秦簡比較，輔以漢代隸書的印證，以求得古文字和秦隸間的差異，進而歸納出秦簡文字演化的大方向。

透過對秦簡文字的了解，則前人關於隸書的說解便頗有可議之處。本文對隸書之起源、定名和發展，重加討論，就文獻記載，參以出土實物，詳加勘詮論證，以明隸變演化之跡，釐正隸書之實貌。

在對隸書有所認識後，再以《秦漢魏晉篆隸字形表》一書中所收的隸書資料，與古文字做對照，將在秦簡中所見的文字演化現象擴大到整個隸書的演化上，運用偏旁分析法對所有文字做分析討論，最後歸結為隸變的兩大方式——隸分、隸合。而在對所有文字做分析的同時，可以發現，隸變其實不是漫無標準，而是有一定的規律可循，故又可綜合整理出一套隸變的演變規律，此即本文第五章所討論的重點。

本文旨在對秦簡文字中有關隸變的問題，做有系統的探討，期能對漢字的定型、規範化做初步的瞭解。但筆者孤陋寡聞，學力有限，文中紕繆難免，希望方家大雅不吝指正。

第二章　秦簡概述

第一節　雲夢睡虎地秦簡

（一）發現經過〔註1〕

1975 年 12 月，湖北省雲夢縣睡虎地（一名大墳頭）城關公社肖李大隊的社員在睡虎地墓地修建排水渠工程中，發現了秦代土坑木槨。經鑒定並考察墓區後，隨即進行發掘工作，計共清理和發掘了睡虎地的十二座秦墓。其中在第十一號墓出土大批竹簡，經考證後，認定為戰國末期至秦初之竹簡，遂稱之為「雲夢睡虎地秦簡」。

（二）墓葬形制與隨葬器物

十一號墓為長方形豎穴土坑墓，沒有墓道，但墓坑四周有腳窩可以上下。墓向朝東。墓具為一棺一槨，木槨蓋板的正中還有一個完整的牛頭骨，這可能是與入葬時的祭祀有關。槨室由橫梁分成頭箱與棺室東西兩個部分，西為頭箱，東為棺室；橫梁下置一雙扇的板門，使頭箱與棺室相通。棺裏的屍體已朽，僅存骨架，但尚殘存已萎縮的腦髓。葬式為仰身、曲肢。

〔註 1〕有關雲夢睡虎地秦簡的詳細介紹，請參考《湖北雲夢睡虎地秦墓》一書，本節僅
　　　概括其文，擇其重點言之。

　　隨葬器物主要放置於頭箱和棺內，頭箱內分三層，安置漆、竹、木、銅、鐵、陶等類器物（圖一），計六十五件，其中以漆器最多，有些漆器上還有烙印和針刻文字。棺內隨葬了一千一百多枚竹簡，並有毛筆、玉器、漆奩等物（圖二）。另外，在墓坑東部有一個雙扇板門的壁龕，內置有帶傘蓋的木軺車一乘，並有軺車的三匹木足彩繪泥馬和二件彩繪泥俑。

圖一　墓葬頭箱器物出土位置圖（取自發掘簡報，頁2）

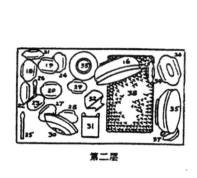

第二層

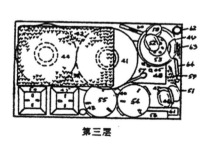

第三層

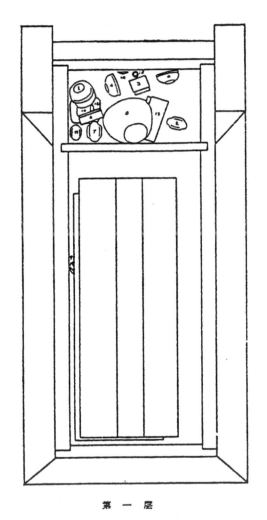

第　一　層

2、7、9、11、18～24、27～29、34、36、37、46、47、49、51、52、58 漆耳杯 1、4 漆圓盒 3 漆奩 6 漆橢圓奩 8 陶罐 41、44 小口陶瓮 10 漆卮 12 銅匜 13 漆筩 14 木蓋 15 銅劍 16、35 漆盂 25、26 漆匕 30 陶甄 31 漆樽 32 小陶罐 33 小陶壺 38、42 竹笥 39 銅鍪 40、43、56、61 竹筒 45、50 銅鈁 48 六博盤 53 鐵釜 54、55 銅鼎 57 銅勺 59 殘竹扇 60 筆 62 角環 63 六博棍 64 銅削刀 65 六博棋子

（取自發掘簡報，頁3）

（三）年代和墓主

發現墓葬之初，或以為是西漢墓。但在出土竹簡中，簡文多次提到咸陽，而漢代咸陽已改名渭城，可見這批竹簡當是秦簡。在《語書》等簡文中，都避

秦始皇諱，改「正」字為「端」，如「公端之心」，但卻不避諱漢高祖名邦的諱，也證明是秦人記秦事。而且《編年記》只記到秦始皇三十年，故這批竹簡的年代當不會晚於秦始皇三十年。《編年記》主要記述了自秦昭襄王元年至秦始皇三十年的秦統一全國的大事，另外尚記有名叫「喜」的人的仕宦經歷。《編年記》終於秦始皇三十年，這年喜四十五歲；而墓中人骨架經鑒定係四十多歲的男性。從這些情況判斷，墓主人很可能就是《編年記》中所記的「喜」這個人，它死於秦始皇三十年（西元前 217 年），故墓葬的年代應即為秦始皇三十年，而陪葬的竹簡俱為秦簡。

關於墓主的身份，僅知其名為「喜」，而不知其姓。《編年記》中有墓主家族之簡略記載：父——公，母——嫗，弟——敢、遫，子姪輩——獲、恢、穿耳，與墓主喜共八人。據簡文，則喜生於秦昭王四十五年（西元前 262 年），死於秦始皇三十年（西元前 217）年，死年四十五歲。他是秦王朝的一個下級官吏，曾任安陸御史、安陸令史、鄢令史及鄢獄史等職。他參與過政事，治理過獄訟，又曾從過軍，打過仗。他經歷了秦始皇統一天下前後的許多政治、軍事鬥爭，但仕途坎坷，不甚得意。商慶夫先生更據墓葬的地理位置及隨葬器物等，而推斷「墓主喜是經歷過亡國之痛的，有一定社會地位的楚人後裔」。〔註2〕

（四）簡牘形制

這批竹簡出於棺內墓主的頭部、右側、腹部等部位，堆放有序。發掘小組按堆放位置把它們分為甲、乙、丙、丁、戊、己、庚、辛等八組（參考圖二）。竹簡的分組、名稱、和尺寸，列表如下：

組別 ＼ 簡名 ＼ 尺寸		長	寬	厚
甲組	《編年記》	23.2	0.6	0.1
辛組（一）	《語書》	27.8	0.6	0.1
丁、戊組	《秦律十八種》	27.5	0.6	0.1
辛組（二）	《效律》	27	0.6	0.1
辛組（三）	《秦律雜抄》	27.5	0.6	0.1

〔註 2〕參考商慶夫《睡虎地秦簡「編年記」的作者及其思想傾向》一文，《文史哲》1980年第四期，頁 68～69。

丙組	《法律答問》	25.5	0.6	0.1
乙組（一）	《封診式》	25.4	0.5	0.1
辛組（四）	《爲吏之道》	27.5	0.6	0.1
乙組（二）	《日書》甲種	25	0.5	0.1
巳庚組	《日書》乙種	23	0.6	0.1

（取自《雲夢睡虎地秦墓》一書，頁 12）

在十類簡中，依簡形長度又可分三類，即二十七至二十七點八厘米，二十五至二十五點五厘米，二十三至二十三點二厘米三種長度，也就是秦尺的一尺、九寸和八寸三種形制。〔註3〕

竹簡上均有三角形契口，用以固定編繩。除《爲吏之道》外，均是用細繩分上、中、下三道將其編聯成冊的。一般三編者，均將簡文分隔成上、下二等分，即第一道編繩之上及第三道編繩之下均無簡文。但《封診式》與兩種《日書》則反是，把每節的篇題寫於簡端，即第一道編繩上端。《爲吏之道》共六編，其第四編居簡中央，將簡大致分成上下二等分，其上三編三欄，其下二編二欄。第一編到第五編所形成的四欄，長度皆約爲四公分，字數不超過十字，若不計重文號、合文號，則以八字爲上限，以二字爲下限，而以四字爲絕多；唯第五編至第六編之間的第五欄長約十公分，相當於上部兩欄的距離，字數且超過兩倍，最多達十九字，但也有僅僅兩字的。其編寫形制可見下圖：

〔註3〕王充《論衡・謝短篇》：「二尺四寸，聖人文語，朝夕講習，義類所及，故可務知。」又《書解篇》：「秦雖無道，不燔諸子。諸子尺書，文書具在。」《儀禮・聘禮》賈疏引鄭玄《論語序》：「易、詩、書、禮、樂、春秋策皆二尺四寸。」由上所引，可知東漢時的簡牘形制是：經書二尺四寸長，子書一尺長。近世出土之漢簡如敦煌漢簡，類多二十三厘米左右，王國維認爲此即漢尺一尺。前人多認爲秦漢兩代同尺度，如胡四維《一九七五年湖北發現之秦文物》一文云：「竹簡共有三種不同的長度：二三點一公分，二五點五公分，二七點八公分（或是秦漢制度的一尺，一尺一寸，一尺二寸）」便認爲二三點一公分爲秦漢一尺。然而，馬先醒《簡牘形制》一文認爲秦漢尺度有別，二三點三公分爲後漢一尺，秦及漢初的一尺約當二七點五公分，並引臨沂漢簡《孫子兵法》和《孫臏兵法》等竹簡長二七點六公分爲「諸子尺書」爲證，故訂雲夢秦簡簡長爲秦尺一尺九寸和八寸。本文採馬氏所訂之尺度。

圖三　《為吏之道》部分

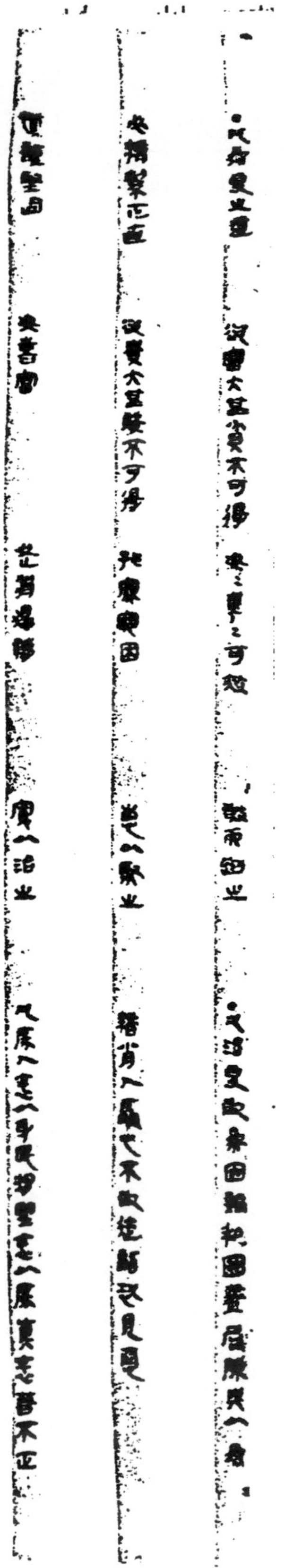

　　在書寫方式上，大部分簡僅一面有字，即寫於篾黃上；但《日書》甲種的兩面都寫有文字；《語書》、《封診式》、《日書》乙種，將大篇題寫在末簡簡背，《效律》則將大篇題書於首簡之背。寫在簡面的小篇題，亦有篇首、篇末之別。《秦律十八種》、《秦律雜抄》以及《魏戶律》、《魏奔命律》之小篇題，均書於律文之後。然而，《秦律十八種》是一條律文結束後，空一小段距離，接著再寫小篇題，小篇題之後若還有剩餘的地方，空著不再書寫，即次篇另簡寫起；《秦律雜抄》則與此相反，即使是不同名的律文也緊接著寫，不留空白。《封診式》及《日書》甲、乙種則將小篇題書於簡端，即律文之前。

　　此外，簡牘文書通常均係「豎寫」、「直讀」，一簡完畢，方及次簡；但《編年記》是分上下兩欄書寫，《為吏之道》是分五欄書寫，均是直書左行，待所有簡的第一欄全書寫完後，再換下一欄連續書寫，與一般以一簡為寫讀單位的形制大異。

　　在墨書文字之外，《日書》甲、乙種的簡文中還有一些圖畫、表格，見下圖：

圖四　《日書》甲種部分

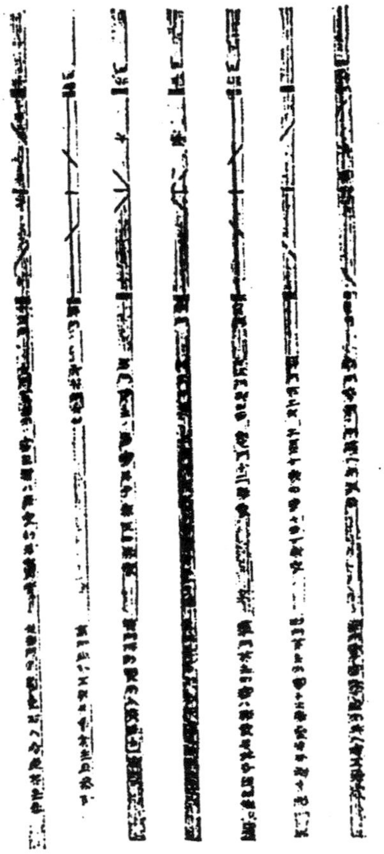

圖五 《日書》乙種部分

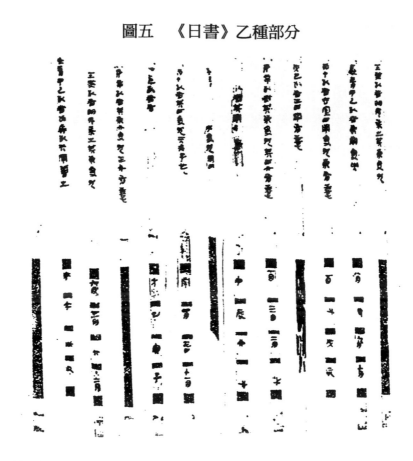

（五）簡牘內容

這批秦簡經整理拼接，總計有一千一百五十五簡，另外尚有殘簡八十片。

依簡牘內容，分為十種：

1. 編年記（五十三枚）

2. 語書（十四枚）

3. 秦律十八種（二〇一枚）〔註4〕

4. 效律（六十枚）〔註5〕

5. 秦律雜抄（四十二枚）

6. 法律答問（二一〇枚）

7. 封診式（九十八枚）

8. 為吏之道（五十一枚）

9. 日書甲種（一六六枚）

〔註4〕《雲夢睡虎地秦墓》作二〇二簡，誤。

〔註5〕《雲夢睡虎地秦墓》作六十一簡，誤。

10. 日書乙種（二六〇枚）〔註6〕

這十類簡牘之內容，簡介如下：

1.《編年記》

初題名為《大事記》，後改為《編年記》。係逐年記述秦昭王元年（西元前306前）至秦始皇三十年（西元前 217 年）秦之軍政大事和墓主「喜」之生平及有關事項，有點像後世的年譜。原簡分上下兩欄書寫，上欄自秦昭王元年至五十三年（西元前 254 年），下欄自昭王五十四年（西元前 253 年）至始皇三十年。從簡文字體分析，自昭王元年至始皇十一年（西元前 236 年）的大事，大概是一次寫成的；這一段內關於「喜」及其家人的記載，和始皇十二年（西元前 235 年）以後之簡文，字跡較粗，可能是後來補寫的。〔註7〕

關於《編年記》的作者，或認為是喜的父親，或認為是喜的弟弟或同族兄弟，但從《編年記》後半部分所載家事及個人活動，以喜最為詳細，且又不記喜之死年來看，作者應是墓主喜，所以才會用來為喜殉葬。〔註8〕

《編年記》是繼西元三世紀發現《竹書紀年》之後出土的唯一的戰國晚期至秦代編年史，有助於對這時期歷史的研究，和對傳世史籍的校補。

2.《語書》

初題名為《南郡守騰文書》，後來在最後一簡的背面發現「語書」二字，遂更名為《語書》。

《語書》共十四枚簡。然而，後六簡係自第九簡簡端寫起，不與第八簡簡末相連接；後六簡每簡容字在三十五至三十八字之間，較前八支簡容字在四十一至四十三字者為疏；在字體上，前後亦有些微差異。故《語書》可分為兩組，前半篇八簡，為《語書》本文；後半篇六簡，因其有「爰書、移書曹」等語，

〔註6〕《雲夢睡虎地秦墓》、饒宗頤《雲夢秦簡日書研究》及李學勤《睡虎地秦簡「日書」與楚、秦社會》都說二五七簡。但據簡影編號，自八九六至一一五五，應是二六〇簡，故今改之。

〔註7〕參考《雲夢睡虎地秦墓》，頁 15。但馬雍認為：第一、《編年記》既不是一次寫成，也不是分兩次寫成，而是多次寫成。第二、在某些簡下之記事也不是同一時所寫。見其《讀雲夢秦簡「編年記」書後》一文（收於《雲夢秦簡研究》一書），頁 16～19。

〔註8〕同註1。

文意與前組相呼應，故可視爲前組的附件。〔註9〕

　　《語書》的寫作時間，從本文開頭所記「廿年四月丙戌朔丁亥」的曆朔來推算，應爲秦始皇二十年（西元前 227 年）四月二日。簡中幾處諱「正」，改寫爲「端」，也證明這是秦始皇時期的文件。〔註10〕

　　《語書》的本文，是南郡的郡守騰頒發給郡屬各縣、道官吏的文告。《語書》的後半篇，對良吏與惡吏作了分析對比，其最主要標準是能否執行秦的法令。〔註11〕

　　3.《秦律十八種》

　　內容全部都是秦之法律條文，而且在每條律文末尾，都寫有律名或律名之簡稱，共有十八種不同的律名。其細目如下：

（1）田律（六條）	（2）廐苑律（三條）
（3）倉律（二十六條）	（4）金布律（十五條）
（5）關市（一條）	（6）工律（六條）
（7）工人程（三條）	（8）均工（二條）
（9）徭律（一條）	（10）司空（十三條）
（11）軍爵律（二條）	（12）置吏律（三條）
（13）效（八條）	（14）傳食律（三條）
（15）行書（二條）	（16）內史雜（十一條）
（17）尉雜（二條）	（18）屬邦（一條）

　　《秦律十八種》中的《效》和同墓所出的《效律》有一部分內容重複，顯然僅是摘錄了其中的一部分，可見《秦律十八種》中的每一種大概都不是該律文的全文，而只是部分摘錄。雖然《秦律十八種》並非十八種法律之全文，但其內容仍然相當廣泛，如《田律》是關於農田水利山林保護方面之法律；《廐苑律》是關於牛馬飼養方面之法律；《倉律》是關於官府糧食貯存、保管和發放方

〔註 9〕參考吳福助《睡虎地秦簡「語書」論究》一文，頁 16～20。

〔註10〕參考季勛《雲夢睡虎地秦簡概述》一文，頁 1。

〔註11〕吳福助《秦簡「語書」校釋》曰：「前八枚簡凡三二七字，是南郡守騰告縣、道嗇夫舉論使民犯法行爲的文書，可題爲『安劾吏民犯法令』。後六枚簡凡一九七字，是移書列曹以考績課吏的文書，可題爲『課吏令』。」

面之法律；《金布律》是關於貨幣流通、市場交易方面之法律；《徭律》是關於徭役徵發方面之法律；《司空律》是關於工程興建、刑徒監管方面之法律；《置吏律》是關於官吏任免方面之法律；《軍爵律》是關於軍爵賞賜方面之法律。

4.《效律》

由於第一支簡之簡背，書有「效」之標題，故定名為《效律》。與《秦律十八種》中之《效》作一比較，可發現此篇似為一首尾完具之律文。《效律》是關於核驗「縣」和「都官」物品帳目方面之法律；其中對兵器、鎧甲以及皮革等，規定尤為詳盡；甚至對於度量衡器，律文亦有明確規定誤差之限度。

5.《秦律雜抄》

簡文各條，或有律名，或無律名，現存的律名如下：

（1）除吏律	（2）游士律	（3）除弟子律
（4）中勞律	（5）藏律	（6）公車司馬獵律
（7）牛羊課	（8）傅律	（9）敦表律
（10）捕盜律	（11）戍律	

除了《除吏律》與《秦律十八種》中的《置吏律》名稱相似外，和《秦律十八種》並無重複。這表明秦律之種類非常繁多，雲夢睡虎地秦簡所載只不過是秦律中之一部分而已。

《秦律雜抄》內容比較龐雜，大約是根據實際需要，從秦律中摘錄的一部分律文，有一些律文在摘錄時還可能對律文作了簡括和刪節，以致較難理解。

值得注意的是《秦律雜抄》中有許多軍事制度方面的律文，如關於軍官的任免、軍隊的訓練、戰場的紀律、後勤的供應以及作戰獎懲等條文，是研究秦代兵制之重要材料。

6.《法律答問》

這類簡均無標題，多采用問答的形式，對秦律（尤其刑法部分）之某些條文、術語以及立法的意圖，作明確的解釋。根據史書記載，商鞅製定秦法是以李悝《法經》為藍本，分《盜》、《賊》、《囚》、《捕》、《雜》、《具》六篇。而《法律答問》解釋之範圍，正與這六篇大體相符。《法律答問》所引用秦律本文云「公祠」，解釋的部分作「王室祠」，由此可知律文應形成於秦稱王之前，很可能就是商鞅時

期製定之原文。〔註12〕再則，《法律答問》中有很多律文記有「廷行事」，即執法者可以根據過去判案的成例來審理案件。又如「辭者辭廷」、「州告」、「公室告」、「非公室告」等，皆是關於訴訟程序之說明，爲研究秦代訴訟制度之重要材料。

7.《封診式》

初題名爲《治獄程式》，後在末簡的簡背發現「封診式」三字，遂定名爲《封診式》。各條律文開端均有小標題，全篇共有二十五個律名，其細目如下：

（1）治獄	（2）訊獄	（3）有鞫	（4）封守
（5）覆	（6）盜自告	（7）□捕	（8）□□
（9）盜馬	（10）爭牛	（11）群盜	（12）奪首
（13）□□	（14）告臣	（15）黥妾	（16）遷子
（17）告子	（18）癘	（19）賊死	（20）經死
（21）穴盜	（22）出子	（23）毒言	（24）奸
（25）亡自出			

簡文內容主要是「治獄」過程中下級官吏向上級所傳各種爰書的辭例，也是對官吏審理案件的要求，及調查、檢驗、審訊等程序的文書程式，其中大都是關於盜牛、盜馬、盜錢、盜衣服、逃亡、逃避徭役以及殺傷等方面之內容。除《治獄》、《訊獄》等少數幾條外，每標題後又以「爰書」二字起首。「爰書」是記錄獄辭的文書。爰書之後，記錄實際的案例，唯人名、地名以「某」或甲、乙、丙代之。〔註13〕此篇最可貴的是其中提到秦代司法的一些原則，以及我國最早有關刑案調查及法醫學的記載。最具價值的莫過於《經死》和《出子》條中有關法醫檢驗的記錄，它比宋代宋慈的檢驗書《洗冤錄》還要早一千五百年。〔註14〕

8.《爲吏之道》

由於簡文開頭有「凡爲吏之道」一語，整理者據此定名爲《爲吏之道》。文

〔註12〕參考《雲夢睡虎地秦墓》一書，頁 18～19。

〔註13〕季勛《雲夢睡虎地秦簡概述》一文曰：「案例中的人名、地名，一律用『某』或甲乙丙丁代替，說明它不是單純的案件記錄，其性質可能類似漢代的『比』，即後來供獄吏處理案件參考的案例。」

〔註14〕同註11，頁20。

分五欄書寫，第四、五欄後面字跡較草部分，或爲後來所補寫。

《爲吏之道》簡末附抄了兩條魏律，題爲《魏戶律》《魏奔命律》。除兩條魏律外，其他內容所言均是爲吏所應具備之道德規範與行爲準則，要官吏做到「五善」，防止「五失」，以及爲吏所應注意之事項，是一篇爲吏之守則。

簡文首段有些文句與《老子》、《禮記》、《大戴禮記》、《說苑》等書相似。「除害興利」一節，每句四字，內容多爲官吏常用的詞語，有些地方文章不很聯貫，疑是供學習做吏的人使用的讀本。這種四字一句的格式，和秦代字書《倉頡篇》、《爰歷篇》、《博學篇》相似。在第五欄有韻文八首，如「凡戾人，表以身，民將望表以戾眞，表若不正，民心將移乃難親」，由其格式可以判定是「相」，即當時農民舂米時歌唱的一種曲調，與《荀子・成相篇》相似。〔註15〕

第五欄末尾還載有《魏戶律》及《魏奔命律》之法律條文各一條，因其精神與秦法相近，故被附抄於此，以作爲參考。此兩條魏律均有「廿五年閏再十二月丙午朔辛亥」等字，經研究考據，認爲是魏安釐王二十五年（即秦昭王五十五年，西元前252年）頒布之法律。由此可知，《爲吏之道》簡文撰寫之時間，當在秦昭王五十五年以後，迄於秦始皇三十年，此爲《爲吏之道》成書之上下限。〔註16〕

9.《日書》

有甲、乙兩種。甲種簡文是先寫於正面，再續寫於背面；乙種係篾黃一面書寫，其末簡背面有「日書」二字的標題。由於甲、乙兩種內容相似，且有部分相同，故均定名爲《日書》。

古代占候卜筮之人稱爲「日者」，〔註17〕《日書》是「日者用以占候卜筮之書」。兩種《日書》都包括兩套建除，一套是秦人之建除，一套則爲楚人的。《日書》雖係趨吉避凶之迷信文書，但所載有關奴隸、逃亡、生子、田宅等文句，亦可以反映出一些當時的社會情況。

〔註15〕 同註11，頁21。

〔註16〕 參考高明士《雲夢秦簡與秦漢史研究》一文。

〔註17〕 「日者」見於《墨子》，《史記》有《日者列傳》，《集解》：「古人占候卜筮，通謂之日者。」

第二節　雲夢睡虎地木牘

（一）發現經過〔註18〕

在雲夢睡虎地共發掘了十二座戰國末年至秦代的小型土坑木槨墓，除第十一號墓出土大批竹簡文字之外，另在第四號墓頭箱尚出土兩件木牘家書，遂簡稱這兩件木牘為「雲夢睡虎地木牘」。

（二）墓葬形制與隨葬器物

四號墓屬長方形豎穴土坑墓，沒有墓道，墓壙的四角有腳窩可以上下。墓向為東西向，無封土堆。葬具為一棺一槨，槨室由橫梁分為頭箱和棺室兩部分，頭箱設有橫隔板，棺室裡置一長方盒狀的木棺。人骨架已朽，葬式無法知道。隨葬器物放置於頭箱與頭箱的橫隔板上，除兩件木牘外，尚有墨、石硯（附研墨石）、漆器、銅器、陶器、木梳、木篦等物品。

（三）年代與墓主

木牘的內容屬家信，兩信只記月日，未書年代。寫第一信的日期是「二月辛巳」，第二信沒有書寫的日期。但第一信中記載「直佐淮陽，攻反城久，傷未可知也」，城尚未下，還在戰鬥之中；第二信已經「居反城中」，故知第二信寫於第一信之後。淮陽原為陳國之都，後滅於楚。有關陳的戰事，僅見於秦滅楚的戰爭中，據《史記·秦始皇本紀》記載：

> 二十三年，秦王復召王翦，彊起之，使將擊荊。取陳以南至平輿，虜荊王。

信中記載的戰爭，當即指此次戰役。第一信寫於「二月辛巳」，據黃盛璋考證：

> 據汪日楨《長術輯要》與新城新藏《戰國秦漢長曆圖》，秦始皇二十四年二月癸亥朔辛巳為十九日，而秦始皇二十二、二十三年二月皆無辛巳，所以可以斷定第一信謂「直佐淮陽，攻反城久」，即秦始皇二十四年「取陳以南至平輿」之戰役。〔註19〕

〔註18〕有關雲夢睡虎地木牘，本節所言多出自《湖北雲夢睡虎地十一座秦墓發掘簡報》一文，文內有更詳盡的敘述。

〔註19〕參見黃盛璋《雲夢秦墓兩封家信中有關歷史地理的問題》一文。文中並引《六國表》、《楚世家》、《蒙恬傳》、《王翦傳》、秦簡《編年記》等，證明秦始皇二十三年

這兩件木牘是從軍到淮陽一帶的黑夫與驚兩人，寫給他們在家裡的兄弟－衷的信，因而這座墓的墓主很可能就是衷。大約在收到信以後不久去世，所以用這兩枚木牘隨葬。據此，則這座墓的墓葬年代當稍後於秦始皇二十四年，而早於秦統一六國。

據推測，墓主是衷，與黑夫、驚爲同母兄弟。但是，兩封信都沒有寫明衷的身份，所以衷的身份無法考證。

（四）簡牘形制

兩件木牘，其中一件保存完好，長二十三點四、寬三點七、厚零點二五厘米。另一件保存較差，下段殘缺，殘長十六、寬二點三、厚零點三厘米。這兩件木牘的正、背面均有墨書文字，字爲秦隸，絕大部分清晰可辨。第一件正面有墨書秦隸五行，二百四十九字；背面六行，被墨染黑一處（文字已模糊不清），現尚可辨識的有一百一十字。第二件木牘的下部已殘，正面有墨書秦隸五行，殘存八十七字；背面亦五行，殘存八十一字。兩件木牘之圖版見下：

黑夫尺牘

正面

背面

殺項燕，二十四年滅楚，虜楚王，而《秦始皇本紀》弄顛倒了。故「取陳以南至平輿」之戰役，實發生於秦始皇二十四年。

驚尺牘

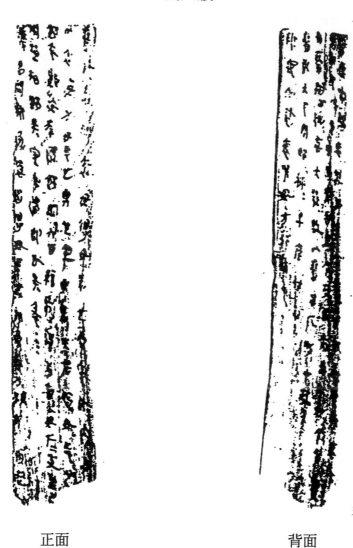

正面　　　　　　　　　　　　背面

（五）簡牘內容

　　經研究，這兩件木牘是現已發現最早的兩封家信，其一是名叫「黑夫」與「驚」的兩個男子共同具名寫給「中」的信（即「黑夫尺牘」），另一是「驚」寫給「衷」的信（即「驚尺牘」）。〔註20〕信的內容主要是敘述他們從軍到淮陽一帶的情況，信中還說，他們因多天離家未備夏衣，現急需夏衣用。故向他們的母親要衣、布和錢。信的末尾還問候了他們的親朋好友。這兩封信，提供了秦始皇二十三、四年秦、楚間淮陽一帶攻戰的史實，以及贏秦社會和安陸一帶經濟、風俗情況，也是民間文學的寶貴資料。

〔註20〕「中」爲人名，即黑夫、驚的同母兄弟。驚尺牘作「衷」，二字可通。

第三節　青川郝家坪木牘

（一）發現經過〔註21〕

1979 年 1 月，四川省青川縣城郊公社白井壩生產隊社員在郝家坪修建房屋時，發現一座古墓。四川省博物館和青川縣文化館隨即進行清理。以後，又在郝家坪雙墳梁發現一百座戰國墓。自 1979 年 2 月至 1980 年 7 月，先後做了三次發掘，共清理了七十二座墓葬。其中，在第五十號墓邊箱之內，出土木牘二件，遂稱之曰「青川郝家坪木牘」。

（二）墓葬形制和隨葬器物

五十號墓爲長方形豎穴土坑墓，無封土，無墓道。墓坑的長寬比例在一點三：一左右。具有一棺一槨，槨室內另隔邊箱，隨葬品即放在邊箱內。隨葬器物除木牘二件之外，其他主要爲生活用器，如陶罐、陶釜等陶器，漆奩、漆卮等漆器，及銅器、玉石器飾件、兩錢七枚等。另於棺內屍骨頭部出土棕套一件。

（三）年代與墓主

出土的兩件木牘，其中一件的牘文記載：

二年十一月己酉朔朔日，王命丞相戊、內史匽，□□更脩田律。

按牘文稱「王」不稱帝，下文「正疆畔」的「正」字又不避秦皇政之諱，故下限當在始皇稱帝以前。據《史記・秦本紀》所載，秦國在武王二年（西元前 309 年）「初置丞相」，故牘文所稱「丞相戊」，其上限又當在武王二年之後。再參照出土的半兩錢，則「丞相戊」應爲秦相。〔註22〕詳查史料，與此相合者，唯武王時期左丞相甘茂其人。〔註23〕且甘茂於昭王元年因受讒亡秦奔齊，所以，昭

〔註21〕 本節所述多引自《青川縣出土秦更脩田律木牘》一文。

〔註22〕 《史記・秦本紀》記載秦惠文王二年「初行錢」，而秦統一前的半兩，現代在陝西咸陽、四川郫縣及茂汶等地均有所發現。五十號墓所出的「半兩錢」，「半」字下橫較短，「兩」字上橫也較短，有秦錢的特徵，說明與「秦文化」有關。見圖版。

〔註23〕 「丞相戊」即甘茂。按「戊」古通「茂」，二字同韻部，同聲紐。且史書有以「甘戊」、「甘茂」並稱之者，如劉向《說苑・雜言》：「甘戊使於齊，渡大河。」《太平御覽・地部二十六》引作：「甘戊使齊，渡河。」足證「甘戊」就是「甘茂」。詳參李昭和《青川出土木牘文字簡考》一文。

王二年，甘茂已不在秦國，秦已相向壽，則牘文所記，只能是秦武王二年。按曆法推算，也與此合。

　　根據牘文，說明墓主人可能爲執行律令的官吏。惜另一件木牘殘不可識，墓主人的身份不能明確斷定。牘文紀年由二年十一月至四年十二月止，則該墓下葬時間只能是在武王四年十二月之後。武王在位僅四年，昭王元年甘茂已不爲秦相，若該墓下葬時間在昭王元年以後，則與丞相茂不合。故該墓的下葬時間又當在甘茂「忘秦奔齊」之前，可能是在昭王元年（西元前 306 年）左右。就五十號墓棺槨形制及隨葬物與他墓相比，屬於戰國晚期墓，這與牘文紀年也相符合。

（四）簡牘形制

　　出土的木牘有兩件。其中一件長四十六、寬三點五、厚零點五厘米，背面不平，正面文字已殘損不清，無法辨識。另一件長四十六、寬二點五、厚零點四厘米，兩面修治平滑，均有墨書文字，殘損較少，字跡清晰可識。正面墨書三行，共一百二十一字；背面字跡殘蝕較甚，多不可識，分上、中、下三欄書寫，僅上面部分直書四行，共三十三字。圖版如下：

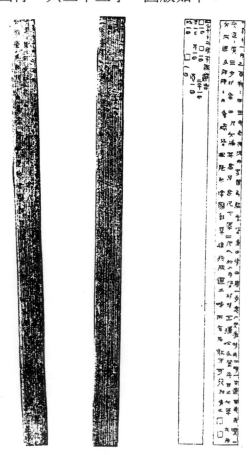

（五）簡牘內容

牘文正面內容爲秦武王二年頒布的法律，這一條秦律稱作《爲田律》，即關於農田規劃的法律。〔註24〕牘文敘述了新令頒行的時間及過程，大意是：王命更修《爲田律》，新頒律令內容，修改封疆，修治道路，築堤修橋，疏通河道等六件大事。木牘正面記事，時由二年十一月起，至三年十月事止。背面文字緊接著記載了四年十二月不修道路的天數。〔註25〕

第四節　天水放馬灘秦簡

（一）發現經過〔註26〕

1986年3月，甘肅天水市小隴山林業局黨川林場的職工在放馬灘護林站修建房舍時發現古墓葬群，甘肅省文物考古研究所即派員前往了解，發現墓葬一百餘座。發掘於六月開始，九月結束，這次共發掘墓葬十四座，分別爲秦墓十三座，漢墓一座。其中，在一號秦墓出土了四六○枚竹簡，遂稱此批竹簡爲「天水放馬灘秦簡」。

（二）墓葬形制和隨葬器物

一號墓墓室爲圓角長方形豎穴土坑，內塡白膏泥和五花土。墓向向東。墓坑長五、寬三、深三米，墓口距地一米。具有一棺一槨，均用松木爲之，先置

〔註24〕 發掘簡報稱此律爲《田律》。李學勤《青川郝家坪木牘研究》一文認爲律名應是《爲田律》，其文云：「『爲』義爲作、治，『爲田』的意思是制田。《爲田律》是關於農田規劃的法律，與雲夢簡《田律》有所區別。」（《文物》1982年第十期，頁69）查雲夢秦簡《秦律十八種·田律》是關於農田水利、山林保護方面之法律，與青川木牘內容稍異，故本文從李氏之說，將律名定爲《爲田律》。

〔註25〕 吳福助《新版「睡虎地秦簡」擬議》一文認爲牘背所記爲日書，其文云：「該牘背書有『除道日禁』，當爲墓主或抄錄者所記當時民間避忌吉凶的迷信日書，亦可與睡虎地秦簡《日書》參讀。」（《東海中文學報》第八期，頁81）但牘文僅記日期，不論其吉凶，此與雲夢秦簡《日書》異，故不能判定牘文爲日書。此外，牘背首字于豪亮釋爲「九」（見《釋青川秦墓木牘》一文，《文物》1982年第一期，頁22）。然牘文所記爲秦武王事，武王在位僅四年，牘背所記文與正面文相關，故于氏釋「九」不確，應從發掘簡報釋「四」爲正。

〔註26〕 欲知天水放馬灘秦簡的詳況，請參考《甘肅天水放馬灘戰國秦漢墓群的發掘》和何雙全《天水放馬灘秦簡綜述》二文。

槨而後置棺，棺放在中心部位，用橫木墊支，構成了邊箱、頭箱的結構。隨葬器物三十三件，有漆耳杯、陶罐、陶瓮、地圖、木錘、木尺、毛筆、竹簡等，除毛筆、竹簡等放在棺內外，大部分器物均置於邊箱、頭箱內。棺內有一塊木板，是入葬時有意壓在屍體上的。

（三）年代和墓主

一號墓的斷代主要依據有二：一是出土的紀年竹簡《墓主記》和《日書》，二是隨葬器物的特徵。

出土器物如陶壺、陶瓮等，與雲夢睡虎地戰國秦墓的同類器物非常相像；而毛筆及筆套更與睡虎地秦墓所出完全相同。因此可以斷定放馬灘一號墓爲秦統一前的墓葬，即戰國晚期的秦人墓。

從《日書》中相關用詞不避始皇帝諱來看，也說明其成書時間當在秦統一前。此外，《墓主記》簡中提到了邽丞等官職。邽，即秦武公十年所置邽縣，秦統一後改稱上邽縣，簡文所說邽顯然是指統一前的邽縣。由這些地方更加證實放馬灘一號墓爲秦統一前的墓葬。

紀年文書系邽丞向御史呈奏的謁書，敘述一名叫丹的人的故事。發掘簡報推測丹爲此墓墓主，所以把這部分內容定名爲《墓主記》。簡報對《墓主記》的釋文是：

八年八月己巳，邽丞赤敢謁御史……年……出趙氏之北……。

並據「北出趙氏」一事考證，戰國末年在「三年」左右出兵攻打趙國的，只有秦始皇的父親秦莊襄王。因之，推測簡文所曰「三年」很可能就指莊襄王三年，謁書文首的「八年」則當是秦始皇八年（西元前 239 年）；再從八月寫成文書看，此墓下葬的絕對年分當在秦始皇八年九月至九年初。

然而李學勤卻認爲《墓主記》文首所記，應爲「三十八年」，而非「八年」。因爲秦昭王八年和秦始皇八年的八月均無己巳日，其間孝文、莊襄兩王又沒有八年，故簡文當非「八年」。查僅昭王三十八年八月有己巳日，且簡首組痕下似有殘字，故推論此殘字即爲「三十」，「三十八年」即指秦昭王三十八年（西元前 269 年）。〔註27〕

〔註27〕參考李學勤《放馬灘簡中的志怪故事》一文，《文物》1990 年第四期，頁 45。

簡文記載「七年，丹……棄之於市。三年，丹而復生……四年，及聞犬吠鳩鳴……」。簡報釋「三年」爲莊襄王三年，則「七年」必早於莊襄王；孝文王無七年，故僅可能是昭王七年。昭王在位五十餘年，丹死於昭王七年，於莊襄王三年復生，其間相距近五十年，人死而復生似乎不太可能。且釋「三年」爲莊襄王三年，則「四年」又該何解？故知簡報之說誤。若依李氏之說，簡文便能通解無礙。也就是說，丹於昭王七年被棄世後掩埋，三年後（昭王十年）復活，並隨著司命史公孫強到過趙國（按：非隨軍出征趙國），又過四年（昭王十四年）而能耳聞人食，約於昭王三十八年過世，故邽丞寫謁書向御史報告丹傳奇的一生。

此外，李學勤認爲簡文所述丹死而復活的故事可能出於虛構，其性質類似《搜神記》一類的志怪小說；就算丹眞有其人，故事仍有可能是丹捏造的，因故事裡講了一些祭祀時應注意的事項，所以與《日書》簡放在一起。〔註28〕若依李氏之說，則《墓主記》並不能用爲判定墓葬年分的證據，墓葬的年代只能保守的定爲戰國末秦墓。

關於墓主的身分，從隨葬的多幅地圖（按：地圖爲邽縣的行政區域、地形和經濟概況圖）、毛筆、筆套、算籌、竹簡等物來看，墓主很可能原來是邽縣的一個基層官吏，對邽縣了如指掌，並對吉凶數術很有興趣，故以此類日常常接觸使用的器物陪葬。〔註29〕

（四）簡牘形制

這批竹簡經整理編號共四六〇枚，大多數保存完整，字跡清晰。簡上原有上中下三道編繩，上下兩頭各空出一厘米爲天、地頭。三道編繩距離相等，以中編爲界，形成上下兩欄。大部分的天地頭兩面還粘有深藍色紡織物殘片，推測是編冊後兩頭用布包裹粘托裝裱，這也是簡本裝幀的最早實例。每簡右側都有三角形小鍥口，便於從右至左編卷，簡上並殘留絲織編繩朽物。

從編冊情況看，爲先編後寫。簡文都以古隸體書寫在篾黃面，篾青面無任

〔註28〕同前註，頁46。

〔註29〕簡報推測丹爲墓主。本文採李學勤之說，認爲有關丹的故事乃屬虛構，當爲當時民間流行的志怪故事。墓主對此故事頗喜好，故抄錄之，過世後更以此陪葬。其雖非墓主之紀年，但本文不改其名，因此文中仍以《墓主記》稱之。

何字跡。豎行書寫，每簡寫滿，最多者可容四十三字，依內容一般均在二十五至四十字之間。每簡從上欄開始通寫一條內容，以次至本章寫完，下欄空餘部分用來書寫不同的篇章，其間以圓點或 ▬ 區分。如該章最後句子寫不下而又所剩不多時，為了使內容連貫，又倒寫，即從最後一枚簡以次往前寫，但必是互相鄰近的簡，以防內容零散。簡文書式可參考下列附圖。

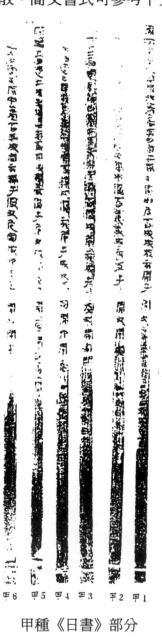

甲6　甲5　甲4　甲3　甲2　甲1

甲種《日書》部分

　　甲種《日書》簡長二十七點五厘米，寬零點七厘米，厚零點二厘米。乙種《日書》簡長二十三厘米，寬零點六厘米，厚零點二厘米，較甲種短而窄。《墓主記》尺寸不詳，但因其所記屬私人資料，與雲夢睡虎地秦簡《編年記》性質

相近，故二者尺寸亦應相似，即長二十三厘米，寬零點六厘米，厚零點二厘米。

（五）簡牘內容

四六〇枚竹簡經整理，內容有《日書》和紀年文書兩類。前一類內容因與雲夢睡虎地秦簡《日書》相近，故亦定名爲《日書》。復因《日書》簡冊的長度不一，內容稍有區別，所以又分爲甲乙兩種。紀年文書則定名爲《墓主記》。

簡出土時卷爲一捆，外層是《墓主記》和乙種《日書》，甲種《日書》卷在最中間。因該冊是從右至左編卷，故先寫成者卷在最中間，後寫成者卷在最外層。《墓主記》共七枚，在最外層，即該卷冊的最後部分。接著爲乙種《日書》，共三八〇枚。編卷在最中間，也就是最先寫成的甲種《日書》，共七十三枚。

《墓主記》無篇章之分。內容爲記載一名爲「丹」的人因傷人而棄於市，後又死而復活，同時追述了丹過去的簡歷和不死的原因。

甲種《日書》原文無篇題，根據不同內容可分爲八章

1.《月建》〔註30〕

自一至十二簡，共十二枚。排列了正月至十二月每月建除十二辰及與十二地支相配之次序，以次循環。

2.《建除》

十三至二十一簡，共九枚。記載十二辰內容，每簡一辰，其中收、閉、開三辰分別寫在二十一、二十、十八簡下欄空餘處。是專門講述建除十二辰每一辰日是好與壞，吉與凶，及其作事利與不利。

3.《亡者》

二十二至四十一簡，共二十枚。以天干、地支和十二生肖相配爲序，每簡一條，其中天干的壬、癸二條分別寫在第二十九、二十五簡下欄空餘處。講述二十二種亡者逃離方向、性別、長相以及吉凶、能否被抓獲等內容。

〔註30〕 本文《日書》分章乃依何雙全《天水放馬灘秦簡綜述》一文。刑文寬《天水放馬灘秦簡「月建」應名「建除」》與劉信芳《《天水放馬灘秦簡綜述》質疑》二文均認爲《月建》與《建除》二章屬於一類，相同的內容在雲夢秦簡中皆屬之《秦除》題下，並且雲夢秦簡是將二者寫在同一支簡的上下欄，故天水簡《月建》、《建除》二章，實應同名爲《建除》。《綜述》一文分其爲二章，忽略了二者之間的聯繫和統一性。刑、劉二氏之說爲確，但本文爲詳細介紹簡文內容，故求其分，而仍依《綜述》所定之章名。

4.《吉凶》

四十三至七十二簡，共三十枚。專講吉凶。記述了一月內一至三十日，每天六個時辰和四方位的吉與凶，以及遇事所持態度。分上下欄書寫，上欄爲某日某時某方位是否吉凶。下欄以十二地支爲順序，記述同日內某時的吉與凶。

5.《擇行日》

是專供出門遠行者選擇日子的章節，所言較簡略，又書寫零散，分別寫在四十二、六十六、六十七簡下欄和七十三簡上欄，文中用 ▬ 號標出。

6.《男女日》

雲夢秦簡題爲《人日》，蓋言男人、女人的日子。以十二地支記日，但無子日。其它十一日分成男人日、女人日，男女各自按日行事，其地支記日與《吉凶》章所記相同。全章共分五段，分別寫在一至四簡下欄空餘處，文中使用●號標示。

7.《生子》

專門講十六時辰內生男生女。分別寫在十六、十七、十九簡下欄內。

8.《禁忌》

蓋言各種禁止、忌諱之事。原簡分別寫在二十四、六十八至七十三簡的下欄空餘處。

乙種《日書》內容有二十餘章，其中《月建》、《建除》、《亡者》、《吉凶》、《擇行日》、《男女日》、《生子》七章與甲種《日書》的內容完全相同。但有關禁忌的條目多於甲種，並有專門名稱。除與甲種相同的七章外，其內容分述如下：

1.《門忌》

三十條。專講門的禁忌。門有東、西、南、北、寒、倉、財門之分，各有禁忌。

2.《日忌》

五十四條。以干支記日，記述每日、方位、時辰的好壞，做事成敗，有無喜樂哀喪，以及出門遠行、動土修建、伐樹、穿衣、生養家畜等的禁忌。

3.《月忌》

十條。專言築宮室、建房屋等的禁忌。

4.《五種忌》

二條。當有缺失。專講四季農作物播種所注意的事項。

5.《入官忌》

二條。言為政者入官的日子時辰。

6.《天官書》

九條。言二十八宿次第及每月之分度。

7.《五行書》

六條。言五行互生的次序。

8.《律書》

二十九條。講述五行、五音、陽六律、陰六呂及變十六相生之法和律數。

9.《巫醫》

五十九條。講巫卜問病諸說。以時辰投陽律，按生肖問病情，有無診治辦法，純屬巫醫之說。

10.《占卦》

一二二條。記載以六十律貞卜占卦的具體內容，包羅萬象，詳細陳述了每卦的好壞。

11.《牝牡月》

二十條。即區分牝牡月和在各自月分內從事某種活動的條文。

12.《晝夜長短表》

二十五條。講述一年十二月中每月白天與黑夜的長短時差。

13.《四時啬》

二十二條。言四季築室、殺牲、開地穿井、伐木、種植等活動必擇之月。

甲、乙兩種《日書》除在形制、內容上不盡相同外，在字體上也有差異。甲種《日書》的字體以圓曲弧線的筆畫為主體，較具小篆之勢，部分字體在字形、結構上還保持了戰國古文的遺風；乙種《日書》和《墓主記》的字體與雲夢秦簡相似，多方筆，為標準秦隸。〔註31〕甲種《日書》簡長正合秦尺一尺，其文字亦較古，故疑甲種《日書》寫成時代較早，為正式的卜筮典籍；乙種《日書》可能是墓主的抄本，並有部分乃抄自甲種，故有七章與甲種《日書》同，

〔註31〕參考何雙全《天水放馬灘秦簡甲種「日書」考述》一文，收錄於《秦漢簡牘論文集》一書，頁9。

且因其爲墓主的抄本，非正式典籍，所以尺寸較短。

（六）與雲夢睡虎地秦簡《日書》之比較

天水放馬灘秦墓出土的《日書》是繼雲夢睡虎地後的第二部秦《日書》。二者在簡冊制度和內容方面，仍各有異同。在簡冊制度方面，二者都在簡的右側刻口，用三道緯編。但天水簡長而寬，分兩欄單面書寫，無圖示，無章目，混雜於一冊內；雲夢簡短而窄，分三欄或多欄兩面書寫，有圖示，有章目。

在內容方面，二者同爲卜筮之書。在章目上，二者各有同異，凡二者皆有的章目，如《建除》、《生子》等章，大抵相同，但各有繁簡。主要差異就是有關禁忌的內容。天水簡數量少，內容簡略，又少言鬼神；而雲夢簡數量多，內容複雜，又動輒連及鬼神，並多見楚月名。因前者出於北方，後者出於南方，故反映出了南北方各自不同的文化風貌。爲此可以說，天水放馬灘的《日書》爲純秦《日書》，反映了秦重政治而輕鬼神，是純粹的秦文化的典籍；雲夢睡虎地的《日書》反映了楚重鬼神而輕政治，代表了楚文化的面貌，儘管有秦的成分，但主體不同於秦，它代表的是秦代楚人的思想。〔註32〕

第五節　小　結

在對四項文物做過介紹後，透過下表，可以有更清楚的認識與比較：

	年　代	墓主	形　制				內容
雲簡	始皇三十年 二一七 B.C	喜	長	27～27.8 25～25.5 23～23.2	寬	0.5 0.6	墓主記 律文 日書
雲牘	始皇二四年 二二三 B.C	衷	長	23.4	寬	3.7	家書
青牘	武王二年 三〇九 B.C	不明	長	46	寬	2.5～3.5	律文
天簡	昭王三八年 二六九 B.C	丹	長	27.5 23	寬	0.7 0.6	墓主記 日書

〔註32〕同前註，頁 23。

在文字方面，青川郝家坪木牘書寫最爲工整，字形亦較勻圓，保留篆書色彩較濃，亦證其年代較早。雲夢睡虎地木牘書寫最爲草率，且有拉長末筆的特點，與漢初帛書頗爲近似（如圖）。

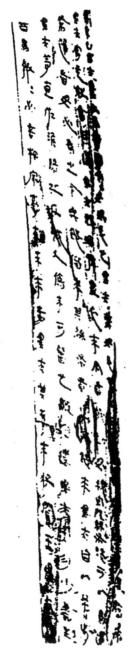

雲夢睡虎地木牘　　　　　　　　馬王堆帛書老子甲本

雲夢睡虎地秦簡包含十種文書，因非一時一人所寫成，故文字樣貌最多變，但大致可分成數組：《編年記》與《日書》乙種爲一組；

編年記　　　　　　　　　　　日書乙種

《封診式》、《語書》、《秦律十八種》、《爲吏之道》、《日書》甲種爲一組；

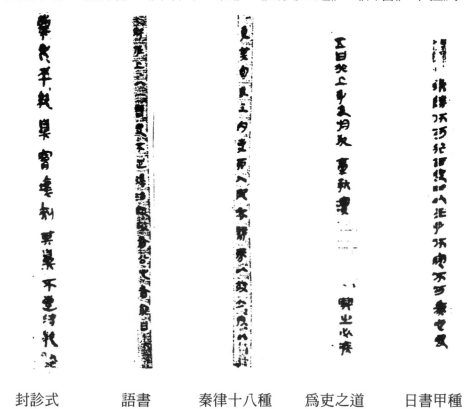

封診式　　　語書　　　秦律十八種　　　爲吏之道　　　日書甲種

《效律》、《秦律雜抄》爲一組；

効律　　　　　　　　　　　　　　　　秦律雜抄

《法律答問》自爲一組。

法律答問

四組中以第一組字形最為草率，當係晚出，其餘三組則不易就字形判斷其時代先後。《法律答問》字形方扁，與楚簡神似。至於天水放馬灘秦簡，因未見其圖版全貌，故暫不作比較。

四種秦簡均以秦隸寫就，且為墨書文字，較能保留當時文字原貌；碑刻鐘鼎則因經工匠鑄刻，難免衍生訛誤。由此可知，秦簡對文字研究者的重要性。

第三章 秦簡文字形構的演化

　　以秦簡文字與小篆相較，二者除筆勢 〔註1〕 的差異外，其他則表現在結構上面。大抵來說，文字在形體結構上的變化，約可分成三種：因襲、簡化和繁化。在文字的演變過程中，大部分文字與前期文字在樣式上並無多大分別，此種情形可稱之為因襲。除此之外，由於文字本身有要求書寫便利和要求辨認清楚的兩個不同目標，所以，漢字發展的整個過程中，一開始便有簡化和繁化的不同結果，直到現在此種變化還是不停地在發生。

　　本章在討論秦簡文字形構的演化此一問題上，即依因襲、簡化、繁化三個觀點分節討論。

第一節　更　易

　　在因襲此一文字演變方式，文字形構幾乎無多大改變，所以此一文字演變方式素來被人們忽略不談。但是在古文字構形通例中，有一種很特別的狀況，也就是在不發生混淆的前提下，形體可以多樣化，析而言之，可正可反，可上可下，可左可右，左右結構與上下結構亦可通作，換句話說，即組成部件可以移位。此種字形以之與前期文字相較，其組成部件並未改變，故仍應歸屬於因襲一類，然而其性質又與一般因襲文字有異，因其在部件位置的安排上有所變

〔註 1〕 筆勢或可稱作「態樣」，圓轉和方折即為不同的筆勢。

動，故本節特就此情形別立「更易」一名以討論之。下所舉字例，每字均依正
楷、秦簡、小篆三種書體之次序排列。

1. 膠 (字形) (字形)

膠字從肉，翏聲，字形採左右式。簡文易為上下式，與常體異。

2. 彤 (字形) (字形)

《效律》：「(字)冹相易也」，「冹」字疑即「彤」字。《說文》：「彤，丹飾也，
從丹彡，彡其畫也。」金文 (字)（休盤）、(字)（虢季子白盤），皆與小篆形近。簡
文將彡移置於丹左，而與從水為偏旁的字混同。漢隸亦見同例，如(字)（馬王堆
一號墓竹簡十九）。

3. 腔 (字形) (字形)

「腔」為《說文》新附字。易左右式為上下式。

4. 櫝 (字形) (字形)

櫝字小篆從賣，然詛楚文作(字)，與簡文同從目，唯簡文改橫目為直式。此
外，贖字作(字)，與櫝字同例。改橫目為直式亦見於楚簡，如(字)（包山楚簡五二）。

5. 權 (字形) (字形) (字形)

權字本為左形右聲，字例次形之木旁移置(字)下，與隹合成椎字。

6. 遝 (字形) (字形) (字形)

橫目之形於秦簡中屢更為直式，漢初古隸亦同，如(字)（孫子一〇四）。此變
異當係草率所致，由前所舉包山楚簡字例可見，目形歪斜，便易成為直式。

7. 雜 (字形) (字形) (字形)

漢隸亦偶見此形，如(字)（孫子六七），正與秦簡同作上下式。

8. 裂 (字形) (字形)

形符衣字改與刀旁結合，影響原本下形上聲的結構。

9. 蜀 (字形) (字形)

《說文》：「蜀，葵中蠶也。從虫，上目象蜀頭形，中象其身蜎蜎。」目既
象頭形，自應為直式，丞相觸戟作(字)，正從直目形，漢初古隸亦多作直式，如
(字)（老子甲後二二三）。由此證知，小篆為求字形的方正，遂將象頭形之目更
為橫式，今楷從之。

10. 岑 (字形) (字形)

上形下聲改為上聲下形。

11. 愚 愚 愚

《說文》：「愚，戇也，從心禺。」又「惆，懂也，從心、禺聲。」愚、惆二字所從偏旁皆同，僅在位置的經營上有所區別，與棗棘二字同例。《為吏之道》：「樂能哀，智能愚，壯能衰」，其詞為正反相對之義，智愚相對，故知惆即愚字，因心旁位置的移易而與惆字混同。

12. 麤 麤 麤

麤字從鹿、弭聲、上形下聲。簡文為求形體的更加方正，易為左形右聲，且弭字也拆為上下式。

13. 水 水 水

水字象川流之形，甲金文與小篆皆同。簡文獨體仍與小篆同，然置於偏旁，除少數一兩個字，如 水工（江），仍維持原式外，餘皆省為三短橫，改作橫流之形，如 河（河）、治（治）等字，後世隸楷從此。

14. 津 津 津 津

漢隸亦見同例，如 津（縱橫家書一五七）。隸省作津，如 津（居延簡甲一一○九），與簡文同。典籍通用省體津字。

15. 絓 絓 絓

左形右聲更為上聲下形。

16. 抵 抵 抵

簡文氏旁似從土，查古文字作 氐（虢金氏孫盤）、氐（石鼓文），正與虢金氏孫盤同形，故知僅是在位置的經營上有所更易，非偽從土。

17. 嫗 嫗 嫗

從女之字，除婆，嬰等少數字採上下式，餘皆將女字置於左旁，簡文獨異。

18. 旨 旨 旨

在不與它字混淆的先決條件下，古文字往往不拘正反。旨字甲骨文作 旨（京都七三Ａ）、旨（乙一○五四）、旨（後下一·四），正是正反並作。

19. 弩 弩 弩

直立之弓形改作橫式，與雋字所從同。

20. 瓜 瓜 瓜

瓜字象藤蔓果實布生於形之地，令孤君壺作⿵，較小篆更具象形之意。簡文較小篆多存古意，唯取象之方向不同罷了。

21. 髮𩬊髳髯

省略彡符，字例第二形改採上下式。

第二節　簡　化

一、省略部分筆畫

1. 畫畫畫

畫字本象以手持筆或杖分畫之形，甲骨文作⿰（後下四‧一一），金文作畫（小臣宅簋），畫（吳方彝）。簡文較小篆省略田旁重複之短畫，然於田上卻又多一撇，此或受「者」字類化所致。

2. 畫畫畫

演變情形與畫字相仿。

3. 毒毒𡕭

《說文》：「毒，從屮、毐聲。」隸變作毒，如毒（五十二病方‧目錄）。簡文省略一橫畫，致混同於毐字。

4. 惠𢟪𢟪

省略叀下環形，從叀之字如傳字作傳，包山楚簡一二〇作傳，均同形構。

5. 牽牽牽

省略冂符。

6. 游斿㳺

簡文水旁多作ミ，因與「方」旁有相似的短橫畫，遂將二者合併，而省略一筆。

7. 餘餘餘餘

第二形之余旁省略木上一橫畫。

8. 稍稍稍稍

省略一短豎，與肖字混同。

9. 程程程

漢簡偶見同形，如程（居延簡甲三三一），均省略壬旁一橫畫，致偽從土。

10. 韭韭韭

省略重複的橫畫。

11. 顏顏顏

史晨碑作顏，彥旁亦省略一橫畫。再觀前所舉字例，可推出隸變有省略橫畫之條例，尤以具重複橫畫之字其演變最為明顯。

12. 親親親親

小篆隸定當作親，隸變則作親，如親（老子甲三九），秦簡從亲之字均同例，如新。

13. 指指指指指

旨旁所從甘省略一畫而偽從口，第三形更將匕與口相鄰的橫畫合併，益簡。

二、省略部分形體

1. 於羽羽羽羽

金文作鳥（效卣），象鳥形而不點睛。其後鳥形漸簡，如鳥（余義鐘）、鳥（《說文》古文或體），僅左側猶略存鳥頭及羽翼之形。包山楚簡作於（一五八）於、（二二九），與秦簡形近，唯簡化過甚，不復見象形之意。小篆後隸定為烏，楚簡與秦簡之變體則隸定為於，二字分立。

2. 春春春春春

《說文》：「春，從日艸屯，屯亦聲。」查甲骨文作春（粹一一五）、春（乙五三一九），非從日屯。小篆之形源自金文，如春（蔡侯殘鐘），為甲骨文之訛。包山楚簡二○六作春，與小篆同。春、泰、秦、奉、奏五字其小篆各異，作春、泰、秦、奉、奏，到了隸楷上部皆同化為「夫」，秦簡已見同化之跡，漢初古隸作春（老子一二九），正同。所列字例第三形則省略艸形。

3. 爨爨爨

《說文》：「𦥑象持甑，一為竈口，廾推林內火。」簡文省略手推之形符。

4. 券券券

省略之半，卷字作卷，形同。隸楷通用此簡體。

5. 巷巷巷

省略口形，隸楷均同，如巷（天文雜古二‧三）。

6. 竈竈竈

包山楚簡龜字作𧈧，其所從黽旁與秦簡近似，唯簡文省略黽字之頭形，致與申字混同。漢簡亦見同例，如𪘁（江陵一六七號漢墓簡四一）、𪘈（居延簡甲二一一七）。

7. 屈屈屍

《說文》：「屈，從尾，出聲。」包山楚簡一九○作𡰪。簡文則從尾省。

8. 猶猷猶

甲骨文作𤝻（存下七三一），金文作猷（毛公鼎），小篆從犬，酋聲，與金文同。漢初古隸作猷（孫臏一二七）與秦簡同，當承甲骨文遺緒而來。

9. 聲聲殸聲

第二形爲簡體。漢隸或作聲（老子乙前四上），與第一形同。

10. 無𣞤𣞤

甲骨文作𣞤（前六‧二一‧一），金文作𣞤（盂鼎）、𣞤（毛公鼎），象人持牛尾以舞形，爲舞字初文。楚簡多作𣞤（包山楚簡一六），與秦簡同，省略人形。小篆無字從亡，則又爲後起的形聲字。無或偶作无，如《爲吏之道》，「无官不治」，與《說文》奇字𣞤同。

11. 髮𩠐𩠐𩠐

所舉二字例均從長、犮聲，省略彡。第二形則又改變位置的經營，成爲上下式，髡字作長亦同。

12. 笱𠂕𠂤

竹字形符省略一半，句字亦較小篆筆畫平直簡省。

13. 亂亂亂

𤔔字金文作𤔔（五年琱生簋）、𤔔（番生簋），象治絲形。簡文省略絲形之半，漢隸亦見同例，如亂（孫子六）。

14. 蟲𧉗𧉗

省略重複的虫旁。

15. 津津津津

第二形聿下省略彡符。隸楷通用簡體。

16. 野壄𡐨野

《說文》：「野，郊外也，從里、予聲。壄，古文野，從里省，從林。」查

甲骨文作⿰林（後下三‧一），金文作⿰林（克鼎）、⿱（酓志鼎），均從林土會意，
隸定應作「楚」。簡文與《說文》古文同，爲添加聲符「予」的後起形聲字，此
爲漢字聲化的現象。所列字例次形則省略形符「林」，爲簡化字。

17. 總⿰絲⿰絲

總字從系、悤聲。秦簡作⿰絲，似以 ⿰ 代替囪。查蔡侯鐘、蔡侯盤有「忎」
字，于省吾認爲「忎」即古「悤」字，「忎」金文早期上從「⿰」，晚期變作「⿰」，
形後來變爲◇、爲⿱、爲⊠，因而《說文》悤從囪聲。〔註 2〕從于氏說法，則
秦簡總字正存古形，漢初古隸作⿰亦同，非簡化。

18. 胃⿱⿱

《說文》：「胃，從肉囷象形。」中四點象胃中食物。包山楚簡作⿱（八九），
與秦簡俱省略囷中四點而與田旁僞同。隸楷作「胃」，從簡體。此外，鹽字秦簡
作⿱，與胃字同例。

三、省略偏旁

秦簡中使用假借字的情形相當普遍，最常見的要屬用同聲符的字來替代。
雖然這種借代的關係主要建立在聲音上，但若就其形構方面來討論，則亦有變
化，不是用「假借」一詞就能說明的，可以說，這是一種「簡化的假借字」。

即以形聲字來說，若僅用其聲符，便屬一種簡化現象，因其省略形符，自
然筆畫減少，書寫速度加快。〔註 3〕下文便就省略偏旁此種簡化現象，舉數例加
以說明，每字均依正楷、秦簡假借字、小篆本字三體次序排序。

1. 葉⿱葉

《日書乙種》：「外鬼父葉爲姓」、「把者色母葉外死爲姓」、「外鬼父枼，見
而欲巫爲姓」、「母枼見之爲姓」，以三、四例與一、二例比較，可證枼即葉字，

〔註 2〕 參見于省吾《壽縣蔡侯墓銅器銘文考釋》一文，《古文字研究》第一輯，頁 40～55，
　　　1979 年 8 月。

〔註 3〕 先秦迄於秦漢，漢字尚未完全定型，文字使用者尚無完整的標準字觀念，爲文時，
　　　或憑習慣，或憑一時的記憶與靈感，順手書寫，於是標準字、假借字、異體字、
　　　訛誤字雜陳。對於文字的選用，作者並無明顯的繁簡觀念，純是任意而爲。但以
　　　現今文字學的觀點來考察，這些非標準字與標準字之間，實有筆畫與形體上繁簡
　　　的差異，這對書寫速度而言，不能說沒有影響。故本文於討論秦簡中的假借字時，
　　　不從聲音上著眼，而從形體上入手，以突顯假借字此一特色。

省略艸符。

2. 草 [早] [草]

草字石鼓文作[草]，其所從早形正與秦簡同。典籍中常見用早爲草字，如《周禮‧大司徒》：「其植物宜早物」，早即爲草的簡化假借字。草字本義爲草斗，後因與艸字通用，致其本義不顯，故漢代又爲草斗義別造皁字，俗誤作皀。皁字收於《方言》，西漢居延簡已見其蹤。漢簡中偶亦省皁爲早，與秦簡省草爲早異。

3. 其 [其] 六 [其]

其字甲骨文作[其]（乙三四○○），金文作[其]（孟鼎）、[其]（其侯父己簋），本象簸箕之形。後因其聲音不顯，故又加聲符[丌]，如[其]（仲師父鼎）、[其]（石鼓文），爲後起的形聲字。復因其字借用爲語詞，本義不彰，遂又加形符竹，改作箕字，「其」字則成爲語詞的專用字。秦簡或作六，省略簸箕之形符。[丌]字本作[丌]（欽罍），然每於其上繁加一橫畫，如[丌]（楚帛書），包山楚簡則二體並作，如[丌]（一三八）、[丌]（二二○）。

4. 避 [辟] [避]

《秦律雜抄》：「不辟席立」，辟字用爲回避之避字，典籍亦見同例，如《荀子‧榮辱》：「不辟死傷」。簡文凡從辟之字均訛從阜，如[辟]、[辟]，漢隸偶同，如[辟]（孫臏四三）。

5. 阪 反 [阪]

阪字本義爲坡地，用於地名多作坂，阜、土義類相近可通用，故阪、坂二字爲異體字。地名「蒲坂」，《編年記》作「蒲反」，僅用反字標音而不加形符。

四、偏旁代換

「偏旁代換」義指與本字間僅是部份偏旁的差異而已，非形貌全異。偏旁代換可以是形近義通而更易，也可是音近假借。所換偏旁之形體或較本字簡省、繁雜，對行文速度當然有影響。下即就簡化部分列舉數例加以討論。

1. 體 [體] [體]

體字從骨、豊聲，簡文改從肉，作膿。肉、骨二字義類相近，故於偏旁中常互爲代換。然因肉字偏旁較骨字筆畫簡省，因此膿字可視爲體字的「簡化異體字」。

2. 鈦 [鈦] 鈦

鈦字本義爲鐵鉗，金文作🔲（矢令尊），象形，此外，弭伯簋作🔲，加注金旁以表示其製造材質。小篆僞從大。《秦律十八種‧司空律》：「枸櫝櫷（櫐）杕（鈦）之」，枸、櫝爲木械，杕字則或受枸櫝二字同化影響，而易金旁爲木，亦或指其爲木製鉗子，非金屬品，故改從木。

3. 🔲頤頹頹

《爲吏之道》：「彼邦之堀」，堀字用爲陒。阜字其義爲土山，象形，與山字義類相近，故於偏旁可通用。陒字典籍多作傾，查《說文》陒、傾二字均釋爲仄，不正曰仄，山勢敲斜曰陒，人之舉止、心思不端曰傾，二字均可用爲不正義。後則傾行而陒廢。

4. 腹復腹

《封診式》：「甲到室即病復痛」，復用爲腹字。從彳、從肉義不可通，二字純爲借音的關係。但彳旁較月旁筆畫少易寫，故亦屬簡化。

5. 饋餽饋

《說文》：「饋，餉也。」又「餽，吳人謂祭曰餽。」二字義不相通。然二字均爲十五部脂部字，故經傳多假餽爲饋字，如《禮記‧檀弓》：「君子有餽焉曰獻」，秦簡《法律答問》：「餽遺亡鬼薪于外」，餽字均用爲饋，此爲更易聲符的假借，且鬼旁較貴旁筆畫簡省。

五、訛　變

訛變使文字形貌發生改變，既然與正字有別，則必是有簡有繁，故訛變亦可列爲繁、簡化的方式之一。要求便捷是文字使用者的共同心理，故秦簡中的訛變字也以簡化者居多。如：

1. 往𨒋�

坒字從屮在土上，《說文》釋爲「屮木妄生」義。查甲骨文作🔲（甲一九〇）、🔲（前二‧三五‧一），其形從止從土，與屮木妄生義無涉。小篆訛從屮，秦簡則訛與𡳴（生）同。

2. 爲🔲🔲🔲🔲🔲🔲🔲

爲字甲骨文作🔲（前五‧三〇‧四）、🔲（後下一〇‧一二），金文作🔲（昌鼎），其字從又、從象會意，本義乃服象以任勳勞（註：說詳魯實先《說文正補》）。戰國文字作🔲（侯馬盟書）、🔲（石鼓文）、🔲（詛楚文），象形已漸由直立改爲

橫式（象動物全形的字其演變多如此，如馬字），小篆象形漸訛，故許慎誤說解為「象母猴之形」。所列秦簡數形，訛誤益劇，⿰變為⿰，象之四足訛置於左側而失真；爪形作⿰，而略與日同形。⿰則或承《說文》古文⿰之形而來，從二手相對而添加象足，漢隸作⿰（縱橫家書二九二）、⿰（孫子一三三）正同，楷書遂作「為」。

3. 享⿰⿰

享⿰⿰

享⿰⿰

字今作郭，即城郭之義。甲骨文作⿰（京都三二四一）、⿰（粹七一七），正象城郭之形，隸定當作⿰。⿰字本義為進獻，甲骨文作⿰（甲二一六一），金文作⿰（令簋）、小篆或體作⿰，隸定為亯。⿰字本義為熟，從亯羊，甲骨文作⿰（前四·四二·一），金文作⿰（不契簋），小篆或體作⿰，隸定當作䯨。三字形義俱異，然因形近，遂致訛同。⿰字省略中間城郭部分，僅存二亭相對作⿰，其形便與亯字小篆或體同。秦簡三字均同形，楷書亦均作「享」。後城郭之「享」字加注邑旁作郭；純熟的「享」字則被純、醇二字取代，「享」字僅保留於偏旁中，如⿰（孰）。至此，三字方能並用而不混淆。

4. 臣⿰⿰

甲骨文作⿰（菁三·一）、⿰（甲二八五一），金文作⿰（昌鼎）、⿰（毛公鼎），象眼睛之形，中為眼瞳。侯馬盟書作⿰，楚帛書作⿰，與秦簡同形，俱豎筆貫穿眼瞳，當係草率連筆所致。

5. 臽⿰⿰

臽字會意，象人在坎穴中形，甲骨文作⿰（續二·一六·四），金文作⿰（馱鐘），⿰下部或為足形之訛。秦簡因連筆而偽從日，失其意。

第三節　繁　化

一、增加部分筆畫

1. 逆⿰⿰⿰

逆字甲骨文作⿰（甲八九六），金文作⿰（宗周鐘）、⿰（九年衛鼎），⿰即⿰之倒形。亦有或體作⿰（侯馬盟書）、⿰（鄂君舟節），⿰即⿰之倒形。因大與

夫均取象於人形，故可通用。所舉字例第二形添加了兩筆，近似隸楷羊字。

2. 詐 [字] [字] [字]

增繁一直畫。

3. 邊 [字] [字] [字]

邊字盂鼎作 [字]，詛楚文作 [字]，下皆從方，證知小篆形訛。秦簡邊字二形皆為繁體，漢初帛書作 [字]（縱橫家書一一六），均於自下添加橫畫。

4. 葬 [字] [字] [字]

增加橫畫。漢隸亦見此繁體，如 [字]（縱橫家書三七）。楷書作葬，承第一形發展而來，與小篆異。

5. 角 [字] [字] [字]

甲骨文作 [字]（乙三三六八）、 [字]（菁一・一），象獸角之形，中為其紋理。包山楚簡作 [字]（一八），稍訛，小篆則偽從刀。簡文次形為繁。

6. 盈 [字] [字] [字] [字]

皿上增加一橫畫而偽同血。石鼓文作 [字]，漢初帛書作 [字]（老子甲一七），秦簡從弓形。

7. 采 [字] [字] [字]

木上添加一撇，略與禾字混同。包山楚簡作 [字]（二七八反），略與秦簡形近，故木上繁增之撇畫，當為爪字之訛。

8. 產 [字] [字]

厂上增加一點，或受广旁類化所致。漢隸作 [字]（春秋事語四一）亦同。

9. 陵 [字] [字]

金文作 [字]（散盤），與簡文均於字旁繁飾二短畫，當係填補空白處之作用，與字義無涉，故為贅筆，非合文符。

10. 安 [字] [字]

古文字每於空白處添加一些無意義的裝飾筆畫，陵字如此，安字亦同，如甲骨文或作 [字]（存四一五），石鼓文作 [字]，包山楚簡作 [字]（六二），安符旁均出現繁飾的點畫。

11. 冒 [字] [字]

增加一點，當係受宀符同化所致。

12. 然然然然

戰國文字常於豎筆中間部分添加點飾，漸漸便發展成橫畫，如然（中山王鼎）。然（江陵楚簡）。此種異體字，秦漢隸中猶存，如然（老子甲一二五）。

13. 色色色色

卩符中添加一點。

14. 薦薦薦薦

薦字二形與小篆異，查金文作薦（叔朕簠），石鼓文作薦，正與秦簡同。唯次形下添一橫畫而混同於豕，漢隸承此形而偽從豕，如薦（孔彪碑）

15. 惡惡惡惡惡

古文字每於中空處繁加點畫，亞、惡二字亦為一例。如亞字石鼓文作亞，包山楚簡作亞；惡字漢隸作惡（老子甲一三）、惡（縱橫家書七），均表現出好繁的特色。

16. 兆兆兆兆

《說文》分立兆、㲋二字，釋兆為分，釋㲋為龜兆義。段玉裁認為此乃治《說文》者所改竄，其文云：「蓋古本《說文》無㲋、兆字，八部兆字即龜兆字。今兆者多列切，卜部㲋中多一筆以殊於㲋，皆非古也。」兆即龜兆之本字，象龜甲燒灼後所產生裂痕之形，與卜字形義俱近。《說文》認為㲋為㲋字古文，然包山楚簡兆字作兆（二六五），秦簡亦作兆、兆，正與㲋字《說文》古文形同，故知古無㲋字，㲋即兆字，因其象龜甲裂痕之形，古不拘其筆畫之多寡。

17. 考考考

《說文》：「考，老也，從老省、丂聲。」查甲骨文作考（後下三五・二），金文作考（沈子簠），象人持杖之形，故許慎釋考為老。然其字非「從老省、丂聲」亦明矣，丂當為杖形之訛，非聲符。古文字常於長垂畫上繁加一點，如考（齊陳曼簠），此繁飾的點便易發展成橫畫，簡文之形即承此而來。

18. 奘奘奘

奘字本從大，繁加橫畫而偽從天。

二、增加偏旁

與「簡化的假借字」相對，同理亦有「繁化的假借字」。此指本字即借字之聲符，因借字除聲符外，尚有其形符，故書寫起來自然較僅是聲符的本字要來

得複雜，故此種假借字亦可歸於繁化之範疇。

　　另有一類，其非假借，當爲分化字，即以本字爲聲符，又添加表義形符，而其聲符乃是聲兼義，故與前所述純爲借音關係的假借字是兩個不同的類別。然因二者均較本字增加了偏旁，故於此並論之。

　　1. 纍 **樏** 纍

　　《說文》：「纍，綴得理也，一曰大索。」纍或省作累，或又加注形符系而作縲，如《論語》：「雖在縲紲之中」注：「黑索也」。《秦律十八種・司空律》：「勿枸櫝欙（纍）杕（杖）」，枸櫝纍杕四者均爲刑具，纍指繫在囚徒頸上的大索，簡文作欙，除是聲音的假借外，亦受枸櫝二字類化而改從木旁。

　　2. 卵 **卵** 卵

　　《秦律十八種・田律》：「取生荔、卵、鷇」，卵即卵字，因卵爲象形字，恐其音讀不明，遂添加縊字聲符以表音，爲漢字聲化的特色。

　　3. 亢 **肮** 亢

　　亢字象人頸脈之形，義爲人頸。俗字作肮，從肉，加注形符以強化其義。《語書》：「肮閬強肮以視（示）強」，正作俗字肮。典籍則仍作亢。

　　4. 諕 **諕** 諕

　　《說文》：「諕，號也，從言虎。」諕、號二字同義。《法律答問》：「不聞號寇」，《封診式》：「聞諕寇者不殹」，號、諕二字通用。足證諕、號爲異體字，聲符爲虎，形符相異。簡文諕字從言、滹聲，添加水旁。

　　5. 酤 **酤** 酤

　　買酒曰酤，從酉、古聲。《秦律十八種・田律》：「百姓居田舍者毋敢醢酉」，「醢酉」即「酤酒」，酉爲酒之本字，買酒需盛酒器，因此酤字增加皿字形符。

三、偏旁代換

　　有簡化的偏旁代換字，自當有繁化的偏旁代換字。下亦舉數例加以說明。

　　1. 牒 **諜** 牒

　　《說文》：「牒，札也。」牒爲書寫文具，從片表示其爲木質，與木牘的作用相似。《封診式》：「即疏書甲等名吏（事）關諜（牒）北（背）」，諜字用爲牒。從木表示材質，從言可表示記言的作用，義可通用。唯言旁較片旁爲繁。

　　2. 藉 **藉** 蕷

　　從艸、從竹之字，因二字形近，復同爲植物，義類相近，故每於偏旁混用，如葬字作葬（縱橫家書三七），正從竹旁。《秦律十八種‧司空律》：「或欲籍人與並居之」，籍即藉字。

　　3. 穌穌穌

　　禾、黍俱爲穀物，故於偏旁中常互爲代換。秦簡穌字作穌，黏字作秥即爲一例。

　　4. 尗尗尗

　　寸字本來即由又字繁衍出來，二字形義俱近，偏旁中每可代換。尉字包山楚簡作尉（一六四），從又不從寸。

　　5. 建建建建

　　建字時見從辵旁之異體，如建（中山王墓宮堂圖）。廴、辵二字皆具行動義，形近義通，故可代換。

四、訛　變

　　相對於簡化的訛變字，亦有繁化的訛變字。如：

　　1. 受受受受受

　　受字甲骨文作受（甲三六一二）、受（甲二七五二），金文作受（牆盤），中爲盤形，象以盤授受之形。前列字例其爪形或因連筆而僞與日同，爪→曰→曰，秦簡從爪於字首的字均同，如爭（爭）、爰（爰）等字。

　　2. 美美美美美

　　美字甲骨文作美（京都九八一）、美（乙五三二七），金文作美（美爵）、美（中山王壺），下皆從大。隸楷或僞從火，如美（老子甲九五）、美（夏承碑）。

　　3. 衡衡衡衡

　　金文作衡（毛公鼎），角下從大。秦簡訛從火，漢隸偶同，衡（縱橫家書二三二）。

　　4. 食食食食食食

　　右列食字四形皆從人，當即《說文》之「飤」字。其實食、飤爲同字異體，加注人旁只爲強化其義。漢隸作食（老子甲三二）、食（縱橫家書一八九），與秦簡同。置於偏旁有二形，如餘（餘）、飢（飢），正體與訛體並見。

　　5. 且且且且

且字甲骨文作目（甲二三五一），金文作目（盂鼎），象神祖牌位之形，爲祖字初文。秦簡次形從目，由第一形得知係草率連筆致訛。

第四節　小　結

文字是記錄語言的符號，使用時爲求書寫迅捷，便易省繁就簡，這也是漢字演化的主要特性。但若一味講求簡化，則必產生辨認不清的困難，狂草即因簡化過甚而難以被大眾接受。因此，簡化和繁化是並存的，省繁就簡，過簡處則增繁，二者交互變化，並行不悖。

秦簡文字雖亦表現出簡化、繁化兩大特色，但就比例而言，秦簡文字形體變化並不大，與六國文字比較起來，它是穩定而較標準的。例如：

	秦簡	六國文字	
王	壬	壬	（者汈鐘）
君	君	周	（鄂君啓節）
兩	兩	傘	（鄭孝子鼎）
祭	祭	祥	（陳侯因脊敦）
室	室	全	（包山楚簡二三三）

由所舉字例可看出，秦簡文字訛誤較少，正確度較高。因秦系文字與西周、秦秋文字有著直接的承襲關係，且秦始皇時又曾對文字進行了重大改革，故秦系文字較具標準性、規範性，比起六國文字的「異形」自然要少得多。也可以說，秦簡文字是在一定的規範中發展，不論繁化、簡化，其形體變化均有限。

總結來說，秦簡隸變的主要趨勢爲規整化，異體字大爲減少，漸趨定形，奠定隸楷發展之基。

第四章　隸書之淵源與發展

第一節　隸書之起源

關於隸書之起源，最早的記載見於班固《漢書‧藝文志》：

> 是時始造隸書矣，起於官獄多事，苟趨省易，施之於徒隸也。

班固認爲秦始皇統一天下後，因爲官獄之事繁重，所以有一種簡便的新字體出現，這種字體就是隸書。稍後許愼著《說文解字》，對於隸書的起源有較進一步的說明：

> 是時秦燒滅經書，滌除舊典，大發隸卒，興役戍，官獄職務繁，初有隸書，以趣約易，古文由此絕矣……四曰左書，即秦隸書，秦始皇帝使下杜人程邈所作也。〔註1〕（十五卷上）

〔註 1〕「四曰左書，即秦隸書」下本無「秦始皇使下杜人程邈所作也」諸字，此十三字本置於「三曰篆書，即小篆」文下。段注曰：「上文明言李斯、趙高、胡毋敬皆取史籀大篆省改所謂小篆，則作小篆之人旣顯白矣，何容贅此自相矛盾耶……況蔡邕聖皇篇云：程邈刪古立隸文。而蔡剡、衞恒……亦皆同辭。」段玉裁認爲小篆已有作者，不應再說是程邈造而與前說自相矛盾；且與許愼同時代的蔡邕亦云程邈造隸書，後之學者並皆同辭，故疑《說文》至魏晉時已發生僞誤，此十三字本應置於「四曰左書，即秦隸書」句下，今所見爲誤。本文遂從段注改訂之。

許慎已明白指出隸書是始皇時人程邈所造，蔡邕《聖皇篇》亦同辭：

> 程邈刪古，立隸文。（段注，十五卷上）

到了晉衛恒《四體書勢》則又更進一步指出隸書是將小篆刪減省變的字體，其文云：

> 秦既用篆，奏事繁多，篆字難成，即令隸人佐書，曰隸字。漢因行之，
> 獨符印、幡信、題署用篆。隸書者，篆之捷也。（《晉書·衛恒傳》）

自此以降，後儒的說法多因循不改，而且對於程邈的生平和造隸書這回事越講越詳細，似乎程邈造隸書的說法已成定論。如劉宋羊欣《采古來能書人名》曰：

> 秦獄吏程邈善大篆，得罪始皇，囚於雲陽獄，增減大篆體，去其繁
> 複，始皇善之，出爲御史，名書曰隸書。（《法書要錄》，卷一）

蕭梁庾肩吾《書品論》曰：

> 隸體發源秦時隸人，下邳程邈所作，始皇見而重之，以奏事繁多，
> 篆字難成，遂作此法，故曰隸書，今時正書是也。〔註2〕（《法書要
> 錄》，卷二）

後魏江式《論書表》曰：

> 於是秦燒經書，滌除舊典，官獄繁多，以趨約易，始用隸書，古文
> 由此息矣。隸書者，始皇時衝吏下邳程邈附於小篆所作也，世人以
> 邈徒隸，即謂之隸書。（《法書要錄》，卷二）

唐張懷瓘《書斷》卷上曰：

> 隸書者，秦下邳人程邈所造也。邈字元岑，始爲衝縣獄吏，得罪始
> 皇，幽繫雲陽獄中，覃思十年，益大小篆方圓，而爲隸書三千字奏

〔註2〕「正書」即楷書。秦時正體字曰「篆書」，草體字曰「隸書」；到了漢代，隸書已取代篆書成爲新的正體字，而新的草體字也正在醞釀發展中，即後來的楷書。「隸書」爲對應正體字「篆書」的卑稱（關於「隸書」之定名，下節將詳述），因此當隸書成爲正體字時，新的草體字實亦可適用「隸書」此一卑稱，此可由魏晉間人稱楷書爲「隸書」得證。然因「隸書」亦爲漢代通行字體的專稱，故新草體又另造「楷書」、「眞書」、「正書」之名，然魏晉時人仍常將「隸書」與「楷書」混爲一談，如庾肩吾便認爲程邈所作的隸書即是南朝當時的正書，實則二者不同，庾氏誤合。

之，始皇善之，用爲御史。以奏事繁多，篆字難成，乃用隸字，以
爲隸人佐書，故名隸書。

上列諸說均認爲隸書起於秦始皇時，然而也有起源更早的說法，如酈道元《水
經注》卷十六云：

> 古隸之書起于秦代，而篆字文繁無會劇務，故用隸人之省，謂之隸
> 書。或云：即程邈於雲陽增損者，是言隸者篆之捷也。孫暢之嘗見
> 青州刺史傅弘仁說：臨淄人發古冢得銅棺，前和外隱爲隸字，言「齊
> 太公六世孫胡公之棺也」。惟三字是古，餘同今書。證知隸自出古，
> 非始于秦。

丘光庭《兼明書》卷一亦云：

> 代人多以隸書始於秦時程邈者，明曰非也。隸書之興，興於周代，
> 何以知之？按左傳史趙算絳縣人年曰：亥有二首六身。士文伯曰：
> 然則二萬六千六百有六旬也。蓋以亥字之形，似布算之狀。按古文
> 亥作亢，全無其狀；雖春秋時文字體別，而言亥字有二首六身，則
> 是今之亥字，下其首之二畫，豎置身傍，亥作豖，此則二萬六千六
> 百之數也。據此亥文，則春秋之時有隸書矣。又酈善長水經注云：
> 臨淄人……餘同今書。此胡公又在春秋之前，即隸書興於周代明矣。
> 當時未全行，猶與古文相參，自秦程邈已來，乃廢古文全行隸體，
> 故程邈等擅其名，非創造也。

照這樣說，則隸書濫觴於周，到了秦朝方發展完成而通行。但張懷瓘《書斷》
卷上對《水經注》的記載提出反駁，其文曰：

> 案胡公者，齊哀公之弟靖，胡公也。五世六公，計一百餘年，當周
> 穆王時也，又二百餘歲至宣王之朝，大篆出矣。又五百餘載至始皇
> 之世，小篆出焉，不應隸書而效小篆。然程邈所造，書籍共傳，酈
> 道元之說，未可憑也。〔註3〕

〔註3〕參考《史記·齊太公世家》：「哀公時，紀侯譖之周，周烹哀公，而立其弟靜，是
謂胡公。胡公徙都薄姑，而當周夷王之時。」胡公當夷王之時，張懷瓘說在穆王
時是錯的。

張氏認爲西周時不可能有隸書，仍堅信隸書是程邈所作。唐蘭也認爲《水經注》這個故事很可疑，可能傳聞有誤。他在《中國文字學》一書（頁164）中談到：

> 但是胡公是太公玄孫，不應説六世孫；《禮記》説：「太公封於營丘，比及五世，皆反葬於周」，即使胡公是葬在齊的，他的都城在薄姑，爲獻公所殺，也未必葬到臨菑。所以《水經注》這個故事是很可疑的。但是酈道元所説，由於轉輾傳聞，本就容易錯誤，並且這「胡公」的胡字，可能就是三個古字中的一個，而且更可能是被誤認了的。我們知道後來陳氏篡齊，也有太公，如其是這個太公的六世孫，那就是戰國末年了。總之，如説西周已有較簡單的篆書，是可以的，眞正的隸書，是不可能的。春秋以後就漸漸接近，像春秋末年的陳尚（即《論語》的陳恆）陶釜，就頗有隸書的風格了。

唐先生雖認爲隸書不可能起於周時，但也不認同程邈造隸之說，而將隸書的萌芽時間定在春秋時期。

到底隸書是不是程邈造的呢？事實上，這種說法是很值得商榷的。因爲文字的產生，乃自然的孳生，不可能出於一時一人的創造，必定有其長久的醞釀、發展背景。李孝定在《漢字史話》一書（頁52）中也說：

> 所謂程邈「造」隸書，也和倉頡「造」字之説一樣不合理，任何一種文字，決不可能由一人所造，隸書也是有其淵源所自的，既不可能由程邈一人窮其繫獄十年之力，閉門造車式的造出一套文字，也不可能是省改同時並行的小篆而成，它的產生，也是由於長久孕育，約定俗成的結果。

而且，文字的發展常是正體字與草體字並存的，正體是整齊而通行的字體，但民間爲求書寫便利，往往發展出草率簡易的草體字。隸書很可能就是在這種求簡率的心理下所產生的。唐蘭《古文字學導論》（頁122）說：

> 近古期文字，從商以後，構造的方法大致已定，但形式上還不斷地在演化，有的由簡單而繁複，有的由繁複而簡單。到周以後，形式漸趨整齊……春秋以後……這種現象尤其顯著，最後就形成了小篆。不過這只是表面上的演化，在當時的民眾所用的通俗文字，卻並不是整齊的、合法的、典型的，他們不需要這些，而只要率易簡

便。這種風氣一盛，貴族們也沾上了，例如春秋末年的陳尚陶釜上刻銘，已頗草率，戰國時的六國系文字是不用說了，秦系文字雖整齊，但到了戈戟的刻銘上，也一樣地苟簡。陳尚釜的立字作 𐩒，狠容易變成 𐩒；高都戈的都字作 𐩒，狠容易變成都，這種通俗的、簡易的寫法，最後就形成了近代文字裡的分隸。

如此，則隸書是由民間通俗、簡易的寫法所逐漸形成，當然不可能是程邈「造」的。

　　那麼，隸書到底起源於何時呢？據丘光庭和唐蘭二人的推論，則隸書的起源並不比小篆晚，在春秋末年已可見到近似隸書風格的銘刻。而在戰國時代，文字異形的現象非常嚴重，甚且有簡率化的傾向。如侯馬盟書（圖版一）結構爲長形，字形雖仍保有大部分篆書之結構，卻較篆書筆畫簡省，用筆已以筆鋒尖銳且帶有頓勢的橫直線條，代替篆書起訖無端粗細如一的彎曲線條，無論就字形或字體說，皆已具備隸書的雛形。〔註4〕又如楚帛書（圖版二）和楚簡（圖版三）等文字，字形亦不似篆書的繁複，寫法草率，郭沫若並稱其「體式簡略，形態扁平，接近於後代的隸書」。〔註5〕六國文字存在著許多打破篆書結構的簡約字體，這些字體都可說是隸書的先導。

　　秦國雖然繼承了周人的文字與書法風格，但秦篆本身也不統一。早在秦孝公時代銅器上，我們就可看到既有像商鞅量銘文那樣很規整的文字，同時又有像商鞅戈銘文那樣很草率的文字。往後，文字的使用越來越頻繁，文字的演變也隨著越來越劇烈。在秦篆不斷簡化的過程中出現了大量異體，並且有很多是破壞篆書結構的簡率寫法；用方折的筆法「解散」篆書圓轉筆道的風氣，也逐漸流行了開來。〔註6〕在秦始皇統一天下前的若干兵器，如十四年相邦冉戈（圖版四）、三年上郡守冰戈（圖版五）；漆器，如三十七年漆厄銀足（圖版六）四十年漆厄銀足（圖版七）；陶器等，都可看到不少草率急就的字體。郭沫若並特

〔註4〕參見鄭惠美《漢簡文字的書法研究》一書，頁35。

〔註5〕參見郭沫若《古代文字之辨證的發展》一文，收入於《現代書法論文選》一書，頁397。

〔註6〕參見裘錫圭《從馬王堆一號漢墓遺冊談關於古隸的一些問題》一文，《考古》1974年第一期，頁52。

別提到高奴權（圖版八）鑄辭中的好些字跡和隸書差不多，如試以奴字而言，所從女旁，不像篆書那樣作**（篆）**，而是作**（隸）**，同於隸書。〔註7〕1975年秋，江陵鳳凰山第七十號墓出土了兩顆玉印（圖版九），據考證是秦昭襄王三十七年的遺物，其中一顆印文是標準小篆體，另一顆卻是隸書體。而在統一後的秦代兵器銘文、權量詔文等文字裡，也可以看到不少不同於正規小篆的簡率寫法，其中很多是跟隸書很相近的。〔註8〕

取自裘錫圭《從馬王堆一號漢墓遺冊談
關於古隸的一些問題》一文

〔註7〕同註5，頁403。

〔註8〕同註6，頁49。

如上表所示，秦篆中早已摻雜不少接近隸書的寫法。

隨著湖北雲夢睡虎地秦簡、四川青川木牘和甘肅天水秦簡的相繼出土，我們不僅見到大量秦隸，更看到秦武王時的隸書，這使我們更加確信戰國後期隸書已是很興盛了，也就更明顯地證明：隸書並不始於秦始皇時的程邈。

由於秦篆中的簡率寫法與隸書有密切的關係，故裘錫圭認為「隸書是在戰國時代秦國文字的簡率寫法基礎上形成的」。〔註9〕但是戰國時代六國文字的簡率化傾向，比起秦國文字是有過之而無不及的；且秦篆中簡率的寫法，固然保有較多的古隸成分，而侯馬盟書、楚帛書亦有不少接近隸書的筆法與結構。再由秦簡文字多與《說文》籀文、古文同的情形看來，隸書的來源絕不只限於秦國文字。可見古文字向隸書發展，是當時各國文字發展的普遍傾向。

總結來說，隸書並非由小篆簡化而成的，也非程邈所作。隸書和小篆二者的形成實同出一源，都是從古文、大篆省改或約易而成的字體。小篆改變古文、大篆者少，筆勢不變，只是由繁趨簡，所保留的文字構成的規律也較多；隸書苟趨省易，改變古文、大篆者多，如改換了筆勢，由圓曲變方直，因此對文字構成的規律破壞也最大，許慎因而有「古文由此絕矣」之嘆。〔註10〕秦始皇統一天下後，李斯、趙高等人將小篆加以整理，制定為標準字體，使用於莊重場合；而程邈則可能因其對出自春秋戰國以來，民間所用通俗體的文字，做過一番收集、整理的工作，故後來遂專擅「造隸書」之美名。

〔註9〕同註6，頁50。

〔註10〕參考李孝定《漢字史話》一書，頁81；與杜學知《中國文字體類之演變》（下）一文，《大陸雜誌》第九卷第九期，頁24。

圖　版

圖版一：侯馬盟書

西元 1965 年山西侯馬晉國遺址出土

圖版二：楚帛書（摹本）

西元 1934 年湖南長沙楚墓出土

圖版三：楚簡

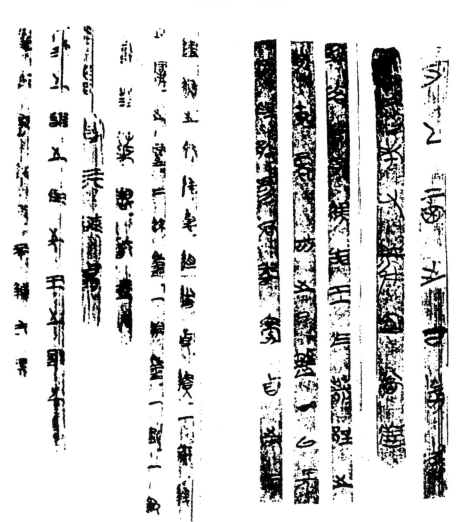

信陽楚簡　西元 1957 年河南信
陽長臺關戰國墓出土

江陵楚簡　西元 1965 年湖北江陵
望山一號戰國墓出土

圖版四：十四年相邦冉戈

秦昭王十四年（西元前 293 年）時器

圖版五：三年上郡守冰戈　　　圖版六：三十七年漆厄銀足

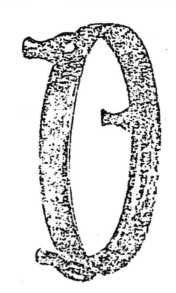

秦莊襄王三年　　　　　　　　秦昭王三十七年
（西元前 247 年）時器　　　　（西元前 270 年）時器

圖版七：四十年漆厄銀足　　　　圖版八：高奴權

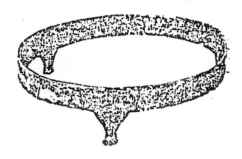

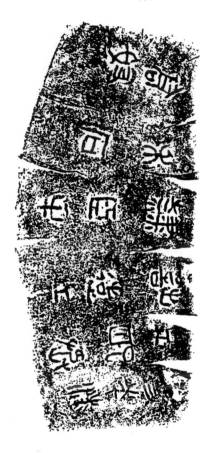

秦昭王四十年　　　　　　　　　西元 1964 年西安
（西元前 267 年）時器　　　　市郊高窯村出土

圖版九：鉥印

西元 1975 年江陵鳳凰山
第七十號墓出土兩顆秦代王印

第二節　隸書之定名

隸書雖然萌芽於春秋戰國時，但在先秦的典籍或文物上均不見其名，最早記載隸書一名的是東漢班固的《漢書・藝文志》。大抵一種新字體的產生，初時尚無名稱，等到這種字體被廣泛運用，人們才為其賦名，因此其名稱往往不見

於產生之時，卻見於流行之後。

　　爲什麼稱作「隸書」呢？班固的解釋是「施於徒隸之書」；許愼則認爲秦時「大發隸卒，興役戍，官獄職務繁」故有隸書，雖未明白指出隸書的定義，但亦已點出其與隸卒、官獄的關係，仍與班固「徒隸」說意近，此可由徐鍇注《說文》引班固語一例爲證。後世學者多循班、許二人之說，認爲隸書之名與「徒隸」有關，又因「徒隸」義指刑徒、罪犯，故有「程邈得罪始皇，幽繫雲陽獄，造隸書」之說的形成。〔註11〕

　　「徒隸」除釋爲罪犯外，又或釋爲下級官吏，如《宣和書譜》云：

　　　初邈以罪繫雲陽獄，覃思十年，變篆爲隸，得三千字，一日上之，
　　　始皇稱善，釋其罪而用爲御史，當時此書雖行，獨施於隸佐，故名
　　　曰隸，又以赴急速官府刑獄間用之，餘尚用篆，此天下始用隸字之
　　　初也。

班固、許愼但云「徒隸」、「隸卒」，不云「隸佐」。「隸佐」之形成或源於衛恒《四體書勢》，其文云：

　　　秦既用篆，奏事繁多，篆字難成，即令隸人佐書曰隸字。

張懷瓘《書斷》亦云：

　　　以爲隸人佐書，故名隸書。

《宣和書譜》將「隸人」釋爲「隸佐」，佐爲下級官吏，〔註12〕正與程邈爲「衙獄吏」的身份相符合。又因程邈曾下獄爲刑徒，故後人亦認爲「隸佐」即由徒隸擔任的下級官吏，如馮翰文曰：

　　　到了秦代，由於現實上的需要，也許眞個有人，或者就是程邈，根
　　　據沿用的文字整理出隸書，也許就只是官府裡那些助理文書抄寫的
　　　徒犯、隸役之流，以意爲之的把這種的樣式寫成。〔註13〕

〔註11〕各家說法見第一節「隸書之起源」所引。

〔註12〕因秦文獻量少，故有關秦代官制不詳。但漢承秦制，故可由漢代官制推知秦制。
　　　漢代有「佐」的官銜，如《漢官》：「太祝：員吏四十一人，其二人百石，二人斗
　　　食，二十二人佐……」，「佐」即下級小官。

〔註13〕參見馮翰文《中國文字在秦漢兩代的統一與變異》一文，《學記》第二期，頁
　　　38。

江文雙《隸書入門》（頁10）亦曰：

> 當時的監獄下級官吏是徒隸——屬於奴隸階級的，所以把他們專用
> 的書體叫做隸書。

據此，則隸書即爲具有「徒隸」身份的下層官吏們辦理文書時通用的字體。

然而刑徒是否就是奴隸呢？秦簡的律文，根據罪犯所犯罪行的輕重，分別科以輕重不同的肉刑，以及輕重不同的勞役，但是所有的罪犯都沒有規定刑期，也沒有刑滿釋放的規定，這就說明一旦成爲罪犯，也就同時成爲官奴隸，終身服勞役。〔註14〕因此刑徒的確是屬於奴隸階級的。但是刑徒是否能任官吏呢？根據秦律，禁止任用受過刑罰的人爲官吏，有書寫能力而犯罪的「下吏」，不僅不得任爲佐、史，甚至不可從事史的工作。〔註15〕奴隸若在官府服勞役，則僅可擔任一些修繕官舍衙署、看守官府、爲官府傳送文書、或跟隨令史去捕捉犯人、察看案情等雜役，〔註16〕不能參與抄寫文書的工作。

根據秦律，刑徒奴隸均不能任官，則「徒隸」、「隸人」等只能釋爲罪犯，不能釋爲下級官吏。復因秦國雖制定小篆爲標準字體，而一般日常生活以及文書檔案通行的卻是隸書；且因秦崇尚法治，官獄職務繁，故官衙的低級官吏便用隸書來抄寫法律刑獄等公文檔案，以其涉及徒隸之事，因此班固稱隸書爲「施於徒隸」之書。此方爲徒隸說之正確詮解。

關於隸書之得名，歷代學者多依循班固「徒隸之書」的解釋。然而當代學者則又提出不同的看法，認爲應從「隸」這個字的本義來做解釋。如吳白匋曰：

〔註14〕 參見于豪亮《秦簡中的奴隸》一文，收入於《雲夢秦簡研究》一書，頁156。

〔註15〕 《商君書・算地》：「聖人之爲治也，刑人無國位，戮人無官任。」秦律有關規定，即是這種觀點的反映。《秦律十八種・內史雜律》有一條法律規定：「侯（候）、司寇及群下吏毋敢爲官府佐、史及禁苑憲盜。」又「下吏能書者，毋敢從史之事。」侯、司寇均是刑徒。「下吏」指官吏犯罪已交付審判，但還未判決者。由此知刑徒不僅不能任佐、史及捕盜小吏等官，也不可以做抄寫文書的史的工作。此可參考高恒《秦簡中與職官有關的幾個問題》一文，收錄於《雲夢秦簡研究》一書，頁252。

〔註16〕 參考吳樹平《雲夢秦簡所反映的秦代社會階級狀況》一文，收錄於《雲夢秦簡研究》一書，頁135～136。根據秦律，禁止任用受過刑罰之人爲官吏，則歷來「程邈繫獄，造隸書，始皇善之，出爲御史」之說，應爲錯誤的傳說，因爲崇法的始皇不可能違背律法而任程邈爲御史。

從今天出土的實物資料看，雲夢秦簡《爲吏之道》中明明有「告相邦」、「告將軍」的話，是秦始皇對大小官吏的告誡，「秦律」則是國家公布的法令；馬王堆帛書《易經》、《老子》、《五十二病方》等則與官獄了不相涉；這些顯然都不是「徒隸之書」所能解釋的。「隸」的含義究竟是什麼，我認爲可以用這個字的本義做解釋。《說文解字》中解釋「隸」的意義是「附著」，《後漢書‧馮異傳》則訓爲「屬」，這一意義一直到今天還在使用，現代漢語中就有「隸屬」一詞。《晉書‧衛恒傳》、《說文解字序》及段注，也都認爲隸書是「佐助篆所不逮」的。所以，隸書是小篆的一種輔助字體。〔註17〕

何琳儀也認爲雲夢秦簡雖然包括了與「徒隸」有關的法律篇章，但是也包括了與「徒隸」無關的《編年紀》、《日書》等篇章。因此應用「隸」字的本義「附著」來解釋隸書。且因隸書之別名爲佐書，「佐助和附屬詞義相涵」，故隸書即是小篆的附屬字體。〔註18〕

吳、何二位先生均認爲隸書不全用於徒隸之事，故應與徒隸無關，而以其字本義說解，並引佐書「佐助」之義來證明隸書對於小篆的從屬地位。然而此種說法仍頗值得商榷。因爲隸書的起源早於雲夢秦簡的年代，〔註19〕因此不能僅據秦簡、馬王堆帛書等來推論隸書必與「徒隸」無關。其次，若隸書眞起源於徒隸，其施用也不是必定限於與徒隸相關之事，隨著字體的流行推廣，其使用範圍必更將擴大，甚至取代正體書而成爲通行的字體。秦國雖制定小篆爲官方的規範字體，然小篆僅用於正式場合或典重的器物上，一般日常生活及文書檔案用的卻是民間流行的隸書。復次，雲夢睡虎地十一號墓的墓主喜生前是秦王朝的一個下級官吏，曾治理過獄訟，故陪葬的文書多爲法律篇章，其他如《編年記》、《語書》、《日書》等，雖非法律篇章，但或爲喜自記之年譜，或爲喜平日喜讀而抄錄之文書，故使用當時通行的隸書來書寫，這也是很正常的事，不

〔註17〕參見吳白匋《從出土秦簡帛書看秦漢早期隸書》一文，《文物》1978年第二期，頁51。

〔註18〕參考何琳儀《戰國文字通論》一書，頁168。

〔註19〕據考證，雲夢秦簡的年代，其上限不會超過秦昭王五十一年（西元前256年），其下限爲秦始皇三十年（西元前217年），屬於戰國末年的文物，而隸書則在春秋末年已可見其蹤。說詳前節。

必非得與徒隸之事相關方可使用隸書。此外，吳、何二位先生又引隸書之別名「佐書」，認為「佐書是佐助篆所不逮的」「佐有輔助之義，佐助和附屬詞義相涵」，進以證明隸書是小篆的附屬字體。然而此種說法也過於附會、取巧，因為「佐書」的「佐」字可釋為「佐助」「輔助」，卻不等於「附屬」，二者詞義並不等同，不需強將其並列，說其「詞義相涵」。由此可知，吳、何二位先生的推論並不正確。

然而，隸書是否可解釋為小篆的附屬字體呢？隸書之名最先出現於東漢，在此之前不見其名的記載，可證這種字體在秦始皇前或始皇時尚無名稱。到了漢代，這種字體被廣泛使用，因此人們才賦予它名稱。而隸書發展至秦代已與篆書並列，為當時的通行書體，到了漢代更取代篆書的地位成為正體字，早非佐助或附屬於小篆的字體，因此隸書的「隸」字釋為「附屬」，當非漢人賦名之本義。

大抵說來，文字的發展過程中，正體與草體常是相輔相成的。正體字是當時通行的書體，但在民眾求新、求變、求簡率便捷的心理下，草體字於是產生。初時草體字只夾雜在正體中偶一出現，但也僅限於出現在較不正式的文書上；待草體字發展到一定數量，流行到一定程度，此時民間及官方一般文書便普遍地採用草體字，如秦簡、秦代刑徒墓志〔註20〕等以隸書書寫，即是此種狀況。隨著草體的更加成熟、興盛，終於取代原通行字的地位成為正體字，舊的正體字則不再通行於日常生活中，而成為古文字或藝術字，減少

〔註20〕秦代刻石多採篆書，如泰山刻石、琅琊臺刻石等。刻石屬官方正式、典重的器物，故用小篆。而民間的刑徒墓志則用秦隸，如 1979 年 12 月在秦始皇陵西側發現秦刑徒墓瓦刻文十八件，這些刻文，明顯的均是秦隸，如圖版：建始皇陵刑徒墓瓦志銘：「闌陵居貲便里不更牙」

其實用的功能。然而，既有新正體的確立，當然又有新草體的產生，早期古文字的發展即在正草交替的過程中延續不斷。隸書本起自民間，流行於民間，相對於篆書爲官定文字的地位，因此說隸書是「徒隸之書」當然是可以的。如唐蘭曰：

> 這種通俗的、變了面目的、草率的寫法，最初只通行於下層社會，統治階級因爲他們是賤民，所以並不認爲足以妨礙文字的統一，而只用看不起的態度，把它們叫做「隸書」，徒隸的書。〔註21〕

由於篆書於秦代僅用於典重場合，如銅器、刻石、刻符等，到了漢代仍用於詔策、碑額、鈱印等高級官文書和重要典儀的書寫。漢儒既將用於高級、重要場合的書體定名爲「篆書」，〔註22〕遂給予通行民間及一般文書的書體一個卑稱——「隸書」，施於徒隸之書。

漢儒既定隸書爲「徒隸之書」，爲何又有程邈造隸書之傳說呢？馬子云曰：

> 創制小篆的美名，先已加于李斯，對於隸書也要定一創始人。因程邈參加過隸字的搜集整理，而且出身於獄吏，又坐過牢，故漢魏時人定程邈爲隸書首創人。〔註23〕

而由漢魏各家對隸書的說解也可證明，初僅有隸書之定名－徒隸之書，其後始有程邈繫獄造隸書之說的衍生。故對於隸書之得名，仍應循班固「施於徒隸」之說，而不能釋爲下級官吏或附屬等義。

新莽時隸書又名「佐書」。《說文解字序》云：

> 時有六書……四曰左書，即秦隸書。〔註24〕

〔註21〕參見唐蘭《中國文字學》一書，頁 165。然而秦始皇雖然「書同文字」「罷其不與秦文合者」，但並不是以小篆統一文字，而是以李斯等人所整理的小篆爲官方的規範字體，而民間秦隸同時流行（說詳史樹青、許青松《秦始皇二十六年詔書及其大字詔版》一文，《文物》1973 年第十二期，頁 29）。故唐氏「不足以妨礙文字的統一」之說爲誤，而是秦王朝允許兩種字體並行，而各有其使用場合。

〔註22〕隸書以前書體之名漢代之前不見記載，故書體在秦代並無定名，定名應開始於漢，而首見記載於班固《漢書·藝文志》及許慎《說文解字序》。

〔註23〕參見馬子云《秦代篆書與隸書淺說》一文，《故宮博物院院刊》1980 年第四期，頁 60。

〔註24〕「左」即今之「佐」字。「左」字本義爲佐助，後因習用爲左右之義，其本義遂又

衛恆《四體書勢》及段注均認爲是隸書書寫簡便「可以佐助篆所不逮」，釋「佐」爲「佐助」義。然而「佐書」是新莽時代的六書之一，其時隸書早已取代了篆書的地位，成爲通行的書體，已經不是佐助篆書的書體了。因此，「佐書」的「佐」字不可釋爲「佐助」。按漢代有「書佐」一職，〔註25〕原屬比較低級的書吏，掌管文書工作。所以「佐書」之名很可能即由「書佐」之官銜而來，與隸書爲「徒隸之書」的情況相像。如李堅持云：

> 隸書之隸，是由於徒隸；佐書之佐，是不是也由於書佐呢？按漢代有書佐地位很低，所以『新莽六書』命以佐名，正如『秦俗書』命以隸名一樣。漢西嶽華山廟碑的書寫者是『書佐郭香察』是一個例證。〔註26〕

因爲隸書是書佐平日處理文書時所使用的書體，故又名「佐書」，意即「書佐之書」。

《漢書》、《後漢書》中屢見「史書」一名，如《漢書‧元帝紀》記載：

> 元帝多材藝，善史書。〔註27〕

應劭注認爲「史書」即「周宣王太史史籀所作的大篆」，後來注家多因之，並引《說文》：「學童十七已上始試，諷籀書九千字乃得爲吏」及《漢官儀》：「能通倉頡、史籀篇補蘭臺令史，滿歲爲尙書郎」二語，證明漢代是以史籀大篆試童子，通過考試者授以史之職；史書即籀書，爲史籀所作，故或曰籀書，或曰史

加人旁作「佐」。故「左書」即爲「佐書」。

〔註25〕《漢書‧王尊傳》：「太守奇之，除補書佐，署守屬監獄。」《後漢書‧蔡邕傳》：「又託河內郡吏李奇爲州書佐」，衛宏《漢官舊儀》：「選中二十書佐試補令史」，均記載書佐一職。據《後漢書‧百官志》：「令史閣下及諸曹各有書佐，幹主文書。」《通典》：「典郡書佐，每郡國各一人，漢制也。各主一郡文書，以郡吏補，歲滿一更。」知書佐爲主辦文書的小吏。

〔註26〕參見李堅持《中國文字與書法》一書，頁129。西嶽華山廟碑原文爲「書佐郭香察書」，前賢或釋「郭香察」爲人名，如歐陽棐《集古錄目》、王世貞《弇州山人題跋》等；又或以「郭香」爲人名，如洪适《隸釋》、趙崡《石墨鐫華》、顧炎武《金石文字記》、王昶《金石萃編》等，二說不一，但因與本文無涉，故略而不論。

〔註27〕另如孝元帝孝成許皇后、王尊、嚴延年、楚王侍者馮嫽、後漢安帝、和熹鄧皇后、順烈梁皇后、北海敬王睦……等人，皆稱其「善史書」或「能史書」。

書。〔註28〕

　　錢大昕則於《十駕齋養新錄》提出異議：

　　蓋史書者，令史所習之書，猶言隸書也，善史書者謂能識字作隸書
　　耳，豈能盡通史籀十五篇乎……諸所稱善史書者，無過諸王后妃嬪
　　侍之流，略知隸書已足成名，非眞精通篆籀也。

錢氏認爲漢代通行隸書，篆籀已成爲古文字，習而識之者少，而正史所載善史
書者，又非名師碩儒，多爲「諸王后妃嬪侍之流」，乃無識之輩，所善應爲當時
通用的書體，不當爲大篆；隸書又名「史書」則因令史所習而得名。

　　段玉裁亦和錢氏持相同的看法，他認爲《說文》：「諷籀書九千字乃得爲史」
的「籀」字當釋爲「讀書」，其文曰：

　　諷籀書九千字者，諷謂能背誦尉律之文，籀書謂能取尉律之義推演
　　發揮而繕寫至九千之多。

並引《藝文志》：「太史試學童能諷書九千字以上乃得爲史」，《藝文志》並無籀
字，證明《說文》「籀書」二字非指史籀大篆，實爲讀書繕寫之義。段氏又云：

　　漢人除策諸侯王用木簡篆書外，他皆用縑素隸書而已，絕無用大篆
　　之事也。〔註29〕

因此史書是指適於時用的隸書。

　　其後，鈕樹玉《段氏說文注訂》又反駁段玉裁的說法，認爲「便習隸書常
人所能，不應載入紀傳」，故仍持史籀大篆之說。

　　今據《藝文志》所載，史籀十五篇於漢建武年中已亡佚六篇，僅存九篇；
唐玄度《十體書》也記載漢章帝時王育曾爲僅存的史籀九篇作解說，「不通者十
有二三」，到了晉朝，史籀篇就全部亡佚了，僅存一些字體流傳於世。因知，史
籀篇在漢代實屬冷僻的字書，習之者少，故漸亡佚，到章帝時不僅亡佚近半，
連王育也多不能解。若說兩漢之諸王后妃嬪侍曾觀此冷僻之書，已屬難得；若
說其善之、能之，則大儒王育尚不能解，況后妃等人？所以，史傳裡所記「善
史書」的史書，當非指史籀大篆。

〔註28〕說詳吳仁傑《兩漢刊誤補遺》、桂馥《說文解字義證》、胡秉虔《說文管見》等書。

〔註29〕段氏諸語見段玉裁《說文解字注》十五卷上。

其次，見於《說文》中的籀文僅二百餘字，這大概是許慎根據當日所存九篇採入，而且當是與小篆不同寫法的文字，同於小篆的不需更出，並非史籀九篇共才二百餘字。〔註30〕然則，史籀篇到底有多少字，是否有九千之數呢？漢初，合秦之倉頡、爰歷、博學三篇謂之倉頡篇，凡五十五章，三千三百字。東漢時，又合漢初之倉頡篇、揚雄之訓纂篇及賈魴之滂熹篇稱爲三倉，計共一百二十三章，七千三百八十字。向來，文字的發展是隨年代而孳乳繁多，三倉所收爲小篆，小篆蓋承大篆孳乳發展而來，字數自當較大篆爲多。三倉僅七千三百八十字，尚不足九千之數，而《說文》時值東漢末年，方收足九千之數（九千三百五十三字）。因此，史籀十五篇絕無九千字之多，學童所諷籀書九千字，非指史籀大篆，籀字應以段注釋讀書爲確，也就是要能讀書識字達九千之多，方能擔任史之職務。

至於《漢官儀》：「能通倉頡、史籀篇補蘭臺令史」一語，只能說欲任史一職，須懂得古文字，並不是史官所使用的書體即史籀大篆。

「史書」一名既與史籀大篆無涉，則其義只能從「史」這一官職上著眼。「史」一官銜，職在記載朝廷國家大事及皇帝起居等事，主要是掌管文書，因此要求其多識文字。然則史識字雖多，其記文自仍當以其時通行的文字爲主，如漢代通行隸書，文書碑銘等多用隸書，僅少數要求典重莊嚴的器物方使用小篆，由此，「史書」當是指史平日習用的書體。各朝代自各有其「史書」，但兩《漢書》中所稱之「史書」，則必當指漢代通行的隸書。總的來說，也就是「史書」與「佐書」均與「史」、「佐」的身分有關，兩種書體其實是同一性質。

另有「八分」一體，其名最早見於《晉書・衛恒傳・四體書勢》。《四體書勢》敘漢代能隸之人，有王次仲、師宜官、梁鵠、邯鄲淳、毛弘等人，並曰：

> 鵠弟子毛弘教於秘書，今八分皆弘之法也。

毛弘能隸，既曰「八分皆弘之法」，則知八分亦爲隸法；八分曰「今」，故知漢以前不名八分，當是魏晉時語，魏晉時隸書別名爲「八分」。

八分雖爲隸書一體，關於隸書和八分的時間先後問題，則歷來書家所傳不一。說八分在先的，如《古今法書苑》引蔡文姬語：

> 臣父造八分時，割程隸八分取二分，割李篆二分取八分，於是爲八

〔註30〕參見龍宇純《中國文字學》，頁 353。

分書。

八分篆法二分隸法，文字較似篆，自當比隸早出。唐張懷瓘《書斷》卷上云：

> 八分則小篆之捷，隸亦八分之捷。

元吾丘衍《學古編・字源七辨》云：

> 八分者，漢隸之未有挑法者也，比秦隸則易識，比漢隸則微似篆。

以上各家均認爲八分在隸書之前，另一種說法則認爲八分在隸書之後。如張懷瓘《書斷》卷上引王愔語：

> 次仲始以古書方廣少波勢，建初中以隸草作楷法，字方八分，言有
>
> 模楷。

又引蕭子良語：

> 靈帝時，王次仲飾隸爲八分。

「飾隸」也就是將隸書加以修飾，顯然是指有挑法的隸書。兩家所言八分的興起時間雖然不同，但俱在東漢時，改造裝飾隸書而成。

前一種說法中，文姬言疑僞造。因魏晉以來，論書者俱言八分楷法爲王次仲作，不聞蔡邕作；世傳說是蔡邕書蹟的如華山碑、熹平石經等，則爲純粹的隸書，而少篆書的成分，與文姬言不合，故知其言爲僞也。至於張懷瓘所謂的隸，很有可能指的是楷書。唐代所謂隸書即指今之楷書，所謂八分則指漢之隸書，如《唐六典》卷十云：

> 校書郎、正字，掌讎校典籍，刊正文字。注：其體有五，一曰……
>
> 四曰八分，石經碑碣所用；五曰隸書，典籍、表奏、公私文書所用。

唐代的典籍文書是用楷書，《唐六典》卻稱之爲隸書；而魏晉以降，凡工楷書者，史皆稱其善隸，如《王羲之傳》云：「善隸書，爲古今之冠」。由此知張懷瓘之所謂隸書，實指楷書，其所謂八分，當指漢代碑刻上有波磔的隸書。繼承張氏說法的吾丘衍等後世書家，因誤解張氏文意，及流俗所傳文姬言之誤，致有八分先於隸書之妄議。

持第二種說法者，亦有可議之處。八分既晚於隸，則當指有波磔挑法的隸書。但此種字體卻並非遲至靈帝時才產生，在秦簡中已偶見其法，在漢簡中則已廣泛使用，至東漢更爲盛行。因之以爲八分是靈帝時王次仲所作的說法，也需要修正。

關於八分之得名，也是眾說紛紜，仁智不一，歸納起來，大致有以下幾種看法：

一、八分爲一分數：

此源自蔡文姬語，指具有八分篆法、二分隸法，故曰八分。此說在康有爲《廣藝丹雙輯》一書中大加發揮。前已證文姬言爲僞，故此說不甚可靠。

二、八分指有偃波之勢，象八字分布：

此源自王愔語。唐李陽冰、清翁方綱等人均持此說，引《說文》：「八，別也，象分別相背之形。」爲證。強調波磔爲八分書的特色，故此說較受尊信。

三、八分指衍生自八體：

宋郭忠恕《佩觿》卷上認爲：書有八體，八分乃自八體衍生而出，故謂之「八分」。

四、八分是指字的尺寸：

唐蘭認爲八分就是楷書，至於其得名則由字的尺度而來，其文曰：

> 衛恒說師宜官：「大則一字徑丈，小則方寸千言」，而毛弘的教秘書，
> 卻只是八分，這很像近代所謂寸楷，一般要學書，非得從八分楷法
> 入手不可……所以名爲「八分」，實際本只是一個尺度，慢慢就演變
> 成一種書體，反替代了楷書的舊名了。〔註31〕

前已證八分爲隸書之異名，非指楷書。漢代碑刻字體，尺寸不一，不拘於八分，故謂以尺度爲名，較不可信。

五、八分是八成的古體或雅體：

啓功與李堅持均認爲漢末因新俗體、新隸書－楷書的產生，因此對於舊隸書又給予「八分」之名，以示區別，其意義即指爲八成的古體或雅體，也可以說是「準古體」或「準雅體」。〔註32〕

現在並不能確指「八分」之義，但可以確定的是：八分是指漢代成熟的隸書，其特點爲用筆有分背之勢，而且強調波勢，以東漢的碑刻爲代表作。至於「八分」的別名，是在漢魏間才出現的，起因爲新隸書產生，給舊隸書安上「八分」之異

〔註31〕同註21，頁170。

〔註32〕參考啓功《關於古代字體的一些問題》一文，頁39，及李堅持《中國文字學》一書，頁131。

名以分別。事實上,「隸書」為通稱,「八分」為特稱,二者並不全等,也就是說,八分只是隸書中的一種風格,八分即是隸書,但卻不能說隸書即是八分。

第三節　隸書之發展

隸書興起於春秋戰國之時,盛行於秦代,出土之秦代簡牘上所見的字體即為此時隸書的代表。漢承秦制,秦代通行的隸體延用不絕,且續有演化,隸書遂取代小篆的地位,成為漢代的通行書體。

一個書體的形成和發展,在不同階段可見其不同的演變樣貌。隸書就其形體可區分為古隸和八分二種。古隸在春秋戰國時代已見雛形,通行於秦代到西漢,屬早期的隸書。八分則是在古隸的基礎上更加演進,屬成熟的隸書,盛行於東漢初年直到晉初。〔註33〕

隸書是小篆的簡化,因此初期隸書結構在方、圓之間,與篆書相近。篆書的特色在於筆畫一致、勻圓對稱。〔註34〕這樣書寫所需要的時間較多,工作效率低。如把篆書圓轉迴旋、相互銜接的筆畫拆開,變圓為方,把弧線變為直線,一筆直下,省繁就簡,變連為斷,變多點為一畫,變多畫為數點,筆畫不求均勻整齊,長短不拘,粗細皆可,不避攲斜,用筆也不講究藏鋒,而有頓挫輕重,部首也可混用,如此寫來快捷簡便,也就提高了工作效率。〔註35〕隸書就在這種要求速捷簡便的情況下產生了。初期隸書直畫橫鋪,漸形方折,且為「橫勢」發展,但結構上與篆書分別不大,只是用筆不同。由於一般稱東漢波磔顯露、結體相背的「八

〔註33〕隸書若以時代做區別,可分為秦隸與漢隸;若以形體論,則可分為古隸與八分。秦代隸書,或漢隸近於秦隸筆意結體者,均稱之為古隸;而發展完成,波磔明顯的漢隸則稱之為八分。亦有將隸書區分為秦隸(或稱古隸)、漢隸(或稱隸書)、八分(或稱分隸、今隸)者。然而從文字學的意義上講,把兩漢通行的隸書勉強區分為漢隸和八分,是沒有必要的。

〔註34〕《說文》:「篆,引書也。」而「引」有「長」、「延長」的引申義,故疑篆書即因其筆劃線條勻圓瘦長而得名。郭沫若《古代文字之辨證的發展》一文曰:「篆者掾也,掾者官也。漢代官制,大抵延襲秦制,內官有佐治之吏曰掾屬,外官有諸曹掾史,都是職司文書的下吏。故所謂篆書,其實就是掾書,就是官書。」然《說文》:「掾,緣也」段注:「掾者,緣其邊際而陳掾也。陳掾猶經營也。」故知「掾」與「篆」字義無涉,郭氏之說為誤。

〔註35〕參見郭沫若《古代文字之辨證的發展》一文,頁403。

分書」爲隸書，因此八分書之前的初期隸書便不妨稱之爲「古隸」。

春秋戰國時期已可見到許多筆勢方折、形體扁平、結構簡略的文字，頗具古隸的傾向，如侯馬盟書、楚繒書、楚簡等。〔註36〕侯馬盟書是春秋晚期晉國用硃砂寫在玉石片上的盟誓之辭，出土時筆跡仍很清晰。其用筆是在起筆處著力，剛健挺拔、頓挫有致。楚簡的書法運筆流利且有輕重頓挫，充分發揮毛筆的彈性與趣味，已經頗有古隸的規模。兩者的不同只是古隸於收筆處著力，楚簡則於起筆處著力；古隸筆勢下行而沈厚，楚簡則比較流利靈動。〔註37〕盟書、楚繒書、楚簡等均屬實用字性質，化圓爲方、去繁就簡，不用圓筆藏鋒的筆法，因此可視爲古隸的先導。

有關「古隸」一名，最早見於北齊顏之推所著《顏氏家訓·書證》。

> 開皇一年五月，長安民掘得秦時鐵稱權，旁有銅塗，鐫銘二所……
> 其書兼爲古隸。

這是秦代度量衡器的最早發現，也首次提到秦權的文字爲古隸。其後元代吾丘衍《學古編·字源七辨》也說：

> 秦隸者，程邈以文牘繁多，難於用篆，因減小篆爲便用之法，故不
> 爲體勢……便於佐隸，故曰隸書，即是秦權、秦量上刻字。

再次提及秦權量文字與古隸的關係。

出土的秦權量數量很大，但銘文內容相當單純，主要是兩篇詔書。這一類度量衡器都有秦始皇二十六年詔，其一部分則附有秦二世元年詔（圖版一），兩篇詔書共一百個字。

秦代權量所刻詔書的標準字體是秦篆。然而因爲權量爲實用之器，故爲數甚多；且自始皇二十六年至二世三年數年之間，又經不同的刻工反覆鑿刻同一內容。因爲刻工的水準參差不齊，再加上權量爲日用器，講求實用，與歌功頌德的刻石講求典重不同，因此刻工在鑿刻時不免潦草隨便，所謂「苟趨約易」，故權量文字形體多方，字多潦草，與刻石文字筆畫線條圓轉莊重的風格迥然不同。這些與小篆不同的字體，有的是戰國，甚至更早時期流行的字體，有的屬

〔註36〕說詳本章第一節「隸書之起源」，並參見其圖版。

〔註37〕參考周師鳳五《書法》一書，頁 10～11。

於下級官吏與工匠隨意增減筆畫改變字形，但是最主要的則是用已屆流行的隸體。〔註38〕由下表便可察知古隸之流行，及秦代文字在實用中篆隸混雜的狀況。

秦權異體字表

取自巫鴻《秦權研究》一文

〔註38〕參見巫鴻《秦權研究》一文，頁 36。另外，也有人反對秦權量文字是古隸，如吳白匋《從出土秦簡帛書看秦漢早期棣書》認爲：「它們還是保持著篆書結構，只能稱爲『草篆』，不能稱爲隸書。」裘錫圭《從馬王堆一號漢墓"遣册"談關於古隸的一些問題》也說：「秦王朝對統一度量衡極爲重視，權量上的詔文是打算傳之萬世的……這樣的正式法令當時必然要求用小篆來寫，決不會允許用剛出現的『施之于徒隸』的隸書來寫……總之，刻得草率的權量詔文基本上還應該看作草率的小篆，而不能就看作隸書。」然而裘氏忽略了權量是實用器具，一經公佈，是必經天下各處反覆翻刻的，且可預見其耗損，並非眞的要「傳之萬世」的。刻工在爲求簡便的心理下，當然會以當時實用而流行的隸書刻就。此外，隸書本自篆書演進而成，是篆書的簡化，也可說是草化，且初期隸書仍保持著篆書結構，因此不能僅憑著權量文字仍保持篆書結構這點，來論定它是草篆，相反的，它當然也可以是古隸。在與秦簡文字做過對照比較之後，更加能確定秦權量上的「草篆」文字，其實就是古隸。

　　秦簡的出土，大量且成熟的古隸終於面世。秦簡均用墨書，筆畫渾厚質樸、平直方正。用筆不似小篆的勻圓，而以方筆居多，但結構或正方、或長方、或扁方，不拘一格。行筆有頓挫，點畫有明顯的輕重變化，並已開始注意捺筆與橫筆筆勢的運用，橫畫末端往往稍有露鋒之勢，且捺筆亦將筆鋒按下而略為向下發展，已見波勢的雛形。〔註39〕在結構上，泰半已不再保有篆書的結構，而變為抽象的表意符號，例如篆書的 𧾷（邑）字簡作 𠂤，𧮫（言）字簡作 言，𣲚（水）偏旁簡作 三，𡙮（女）旁簡作 女，𠆢（人）旁簡作 亻，𠚣（刀）旁簡作 刂……等。秦簡的文字不同於楚帛書、楚簡，在形體、結構、用筆等方面均有重大變革，篆書的餘意更加淡薄，已是標準的古隸。（圖版二）

　　西漢時代仍然繼承了戰國以來古隸的發展。西漢初期的隸書，篆體成分多，隸體成分少；西漢中晚期以後的隸書，則篆體成分漸少，隸體成分漸多，並已發展出波勢。1973 年在湖南長沙馬王堆漢墓中出土的眾多書跡，為我們研究西漢早期的古隸，提供了可靠的資料（圖版三至圖版八）。這批隸書具有秦簡的遺意，結構顯得很不方整，無明顯的波勢和挑法；在字形和用筆上有一部分跟篆書還很接近，但是較秦簡更強調勾畫的誇張、橫畫波勢及捺筆向右重壓等筆勢。此外，在近世出土的大批漢簡中，也見到不少以古隸書寫的簡牘，例如臨沂銀雀山一號漢墓出土的《孫臏兵法》（圖版九）、《孫子兵法》（圖版十），江陵鳳凰山一六八號漢墓簡牘（圖版十一）、一六七號漢墓遺冊（圖版十二）等，字體風格與秦簡極為相似，但用筆不似秦簡字體的嚴謹，筆勢較為奔放，行筆亦較為自然。〔註40〕藉由下表即可略窺隸書的形成與發展：

〔註39〕參見鄭惠美《漢簡文字的書法研究》一書，頁 35～36。

〔註40〕同前註，頁 36。

字體比較表

取自鄭惠美《漢簡文字的書法研究》一書

漢代的金文，例如昆陽乘輿鼎（圖版十三）、承安宮鼎（圖版十四）等銘文，方折峻整，筆意剛勁，筆法介於篆隸之間，橫畫甚至略帶波挑筆勢，結體呈方形，比官定通行小篆寫得要草率的多，也屬於古隸。〔註41〕至於西漢碑刻傳世甚少，但也有少數古隸，例如楊量買山記、五鳳二年刻石（圖版十五）、麃孝禹刻石、萊子侯刻石（圖版十六）等，都還跟篆書接近，屬於古隸。

隸書中裝飾性的筆法，即挑捺、波磔，在秦代簡牘中已略窺其貌，西漢初年仍屬波磔的萌芽期，波磔已產生，惟尚未大量出現。到了西漢末期和東漢初，古隸向分書演化，字形漸趨扁平，橫畫成為整個結構間架的重心，著力處也由垂筆改為橫畫的末端，左挑右捺，八分書的筆法已形成。波磔俯仰的分書，在居延漢簡（圖版十七）已很明顯，數量也很大。此外，武威漢簡（圖版十八）、敦煌漢簡、定縣漢簡等，波磔的使用都臻成熟，已經是典型的八分書了。〔註42〕東漢時期，碑刻大興，到了東漢末葉桓、靈之世，八分書已經完全確立，字形方正扁平，筆畫趨向工整，波勢的強調、點畫的俯仰，更具藝術性。在筆法上採用「藏鋒逆入」、「逆入平出」一套方法，不僅捺筆、撇筆十分突出，就是橫筆也一波三折，呈現蠶頭燕尾之形。為追求波磔的鮮明化，兩側和下方的筆畫盡力向兩旁分張，成「八」字之形。另外，十分講究章法和布白，盡力做到「縱橫成行」。今坊間所習見之東漢碑刻拓本，如乙瑛碑（圖版十九）、禮器碑（圖版二十）、史晨碑（圖版二十一）、熹平石經（圖版二十二）等，完全具備這些特點，可以說是成熟八分書的代表。

東漢隸書眾美畢陳，如乙瑛碑、禮器碑、史晨碑、曹全碑等，或婉約流美、或遒勁峻拔，可謂爭奇鬥巧，盡態極妍。當時的寫碑者要想獨出新裁、別開生面，已不是件容易的事。因此到了魏晉時代便走上更誇張的道路，用筆更造作，

〔註41〕一般均謂漢代銅器銘文多用小篆，並認為漢代金文和秦權量詔版上的文字一樣，屬於篆書的草寫，故應稱為「草篆」或「變體篆書」（參考鄭惠美《漢簡文字的書法研究》一書，頁 67；與王壯為撰《篆書舉要—篆之別體》一文）。然而篆書到了漢代已開始沒落，失去其實用性，而成為近似紀念性的文字，只用於少數特殊的場合。漢代金文則明顯地受到當時所流行的隸書的同化，本意或欲用篆，卻參用隸筆，而與秦權量文字近似。權量文字前已證為古隸，漢代金文便自應歸屬於古隸，表現出篆變為隸過渡時期的特色。

〔註42〕參見姜寶昌撰《文字學教程》一書，頁 796。

寫手竭盡心力於書法藝術的追求，隸書至此已逐漸脫落記事銘刻的實用功能，而轉變成唯美是求的藝術字。在使用簡便、快捷的大眾要求下，於是成為藝術字的隸書（八分）又有了草書體，亦即楷書的雛形，書體又將開拓新的局面。

圖版

圖版一：秦權銘文

秦始皇二十六年詔書

秦二世元年詔書

圖版二：秦簡《效律》　　　圖版三：馬王堆帛書老子甲本

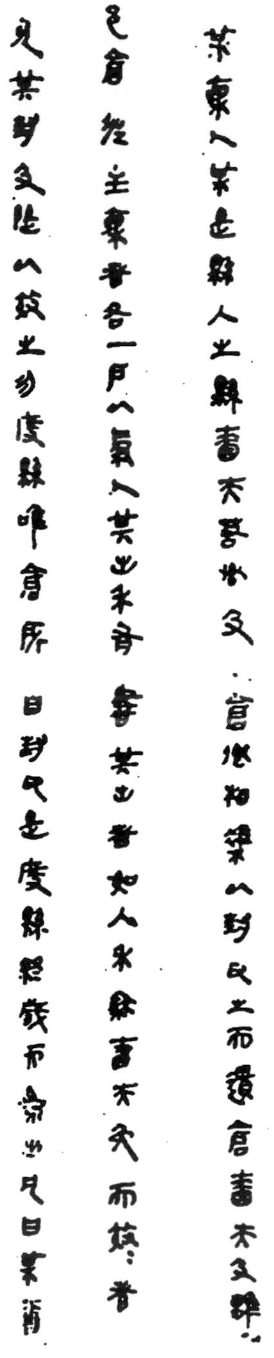

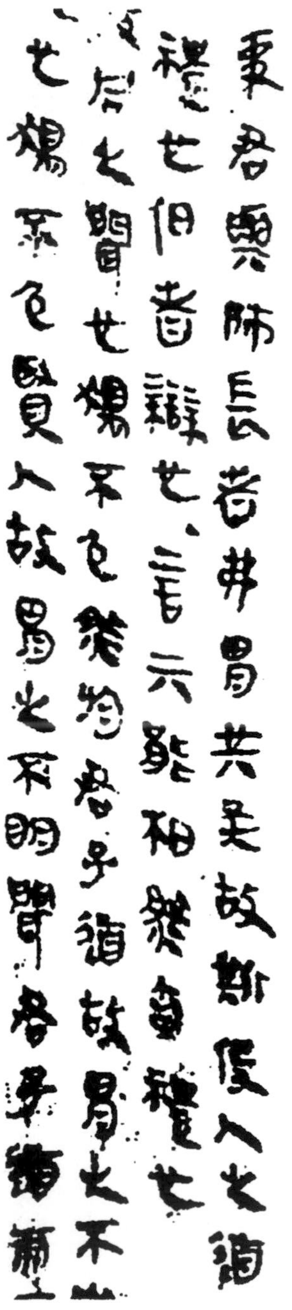

西元 1975 年湖北雲夢睡
虎地第十一號秦墓出土

西元 1973 年湖南長
沙馬王堆三號墓出土

圖版四：馬王堆帛書老子乙本　　圖版五：馬王堆帛書《春秋事語》

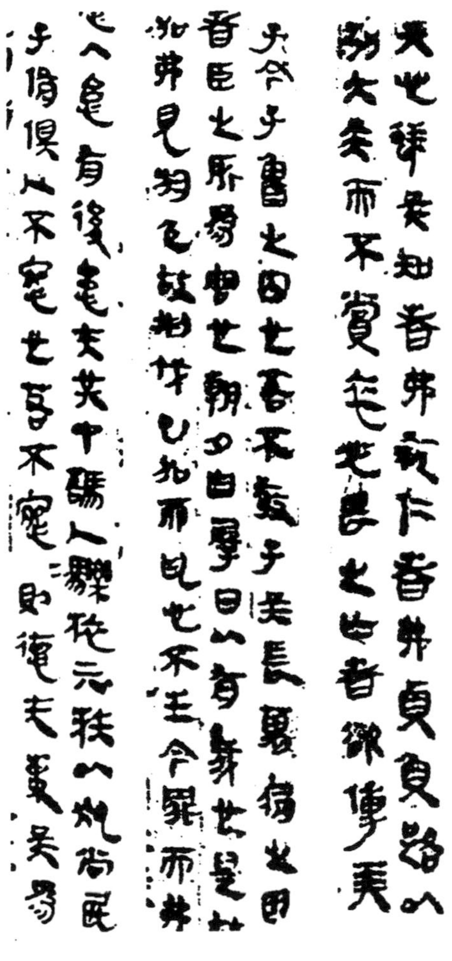

西元 1973 年湖南長
沙馬王堆三號墓出土

西元 1973 年湖南長
沙馬王堆三號墓出土

圖版六：馬王堆帛書《戰縱橫家書》

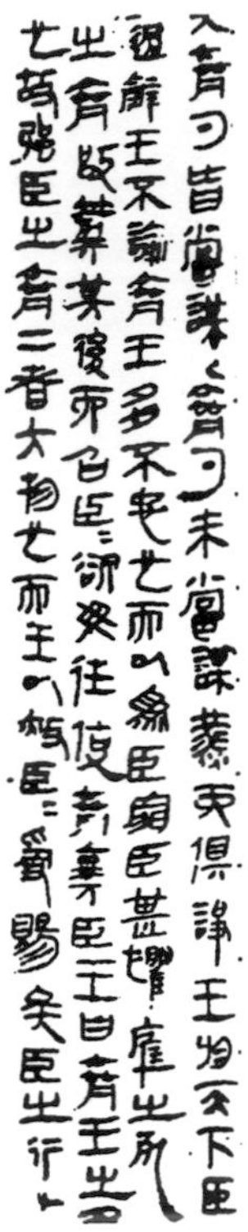

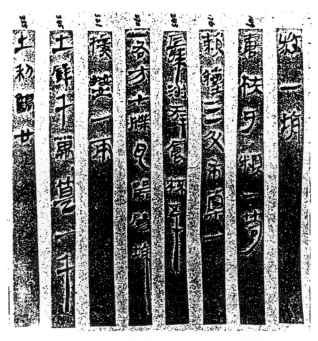

西元 1973 年湖南長
沙馬王堆三號墓出土

圖版七：馬王堆一號墓遺冊

西元 1972 年湖南長沙馬王堆一號墓出土

圖版八：馬王堆三號墓遣冊

西元 1973 年湖南長沙馬王堆三號墓出土

圖版九：臨沂銀雀山《孫臏兵法》　圖版十：臨沂銀雀山《孫子兵法》

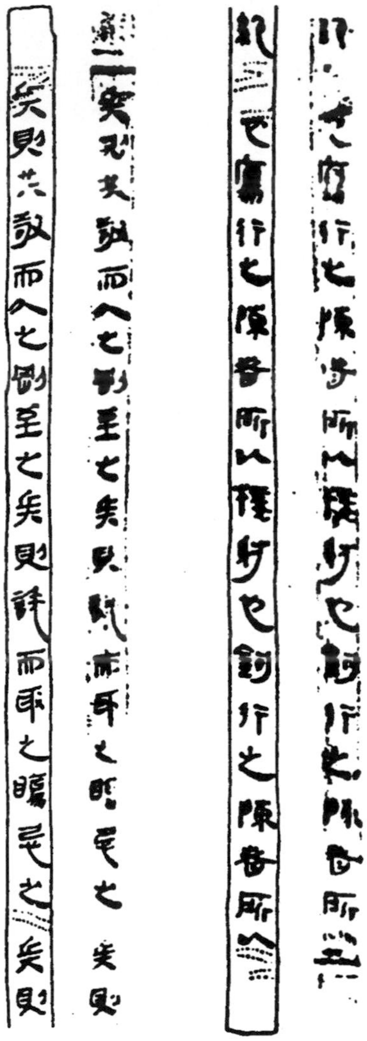

西元 1972 年山東臨沂
銀雀山一號墓出土

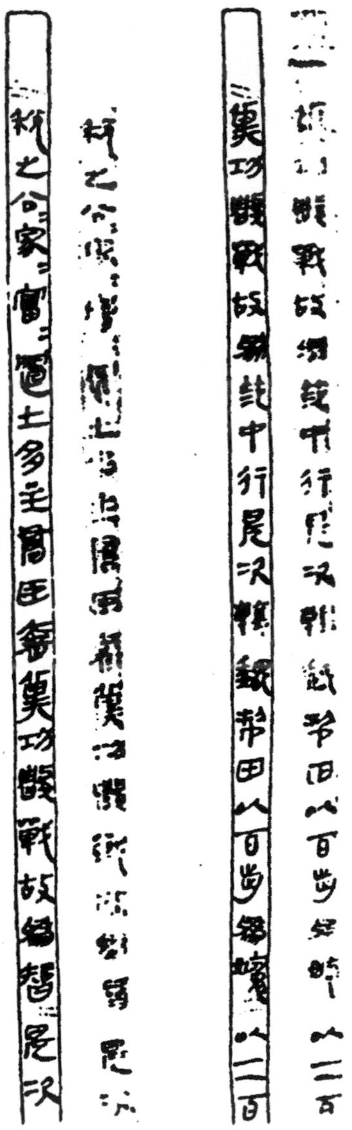

西元 1972 年山東臨沂
銀雀山一號墓出土

圖版十一：鳳凰山一六八號墓簡牘　圖版十二：鳳凰山一六七號墓遣冊

 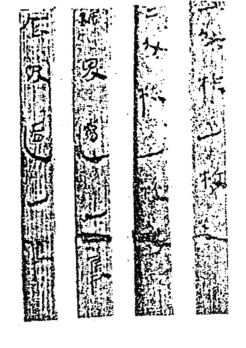

西元 1975 年湖北江陵　　　　　　西元 1975 年湖北江陵
鳳凰山一六八號墓出土　　　　　　鳳凰山一六七號墓出土

圖版十三：昆陽乘輿鼎　　　　圖版十四：承安宮鼎

西元 1961 年陝西西安　　　　　西漢宣帝甘露二年器
阿房宮宮址出土，漢武帝期器

圖版十五：五鳳二年刻石

西漢宣帝五鳳二年（西元前 58 年）刻

圖版十六：萊子侯刻石

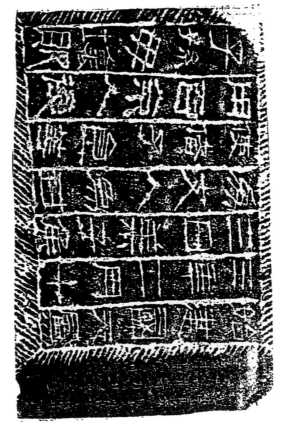

西漢天鳳三年（西元 16 年）刻

圖版十七：居延漢簡

西元 1930～1931 年寧夏居延出土

五鳳五年簡　　　　　　　　　初元三年簡

圖版十八：武威漢簡《儀禮》

西元 1959 年甘肅
武威磨咀子六號墓出土

圖版十九：乙瑛碑　　　　　　　圖版二十：禮器碑

東漢永興元年（西元 153 年）刻　　　東漢永壽二年（西元 156 年）刻

圖版二十一：史晨碑（後碑）

東漢建寧元年（西元 168 年）刻

圖版二十二：熹平石經

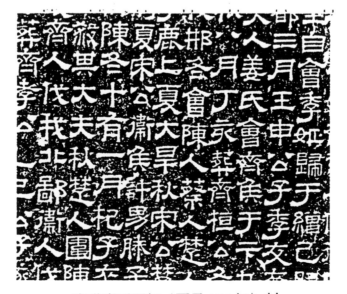

東漢熹平四年（西元 175 年）刻

第四節　小　結

　　由於秦簡的出土，世人方得見眞正的秦隸。復因爲秦隸的面世，才打破程邈造隸書的傳說，也提供了研究隸書起源最直接可靠的資料，前賢對此問題的討論，終於透過秦簡而得到證明。因此，對於隸書起源的年代定於春秋戰國，可說已是毋庸置疑之事。

　　因著隸書起源年代的確定，也有助於我們對隸書之定名與發展做進一步的認識。在第二節中，利用辨證的方式探討隸書之名義，廣納眾說，一一辨明，終於確立其爲「徒隸之書」的詮解。附帶地討論了隸書之別名，總結來說，計有佐書、史書、八分三個異名，佐書與史書乃因其使用者佐、史而立名，八分則因其結體特徵而得義。

　　隸書可分爲古隸與八分兩個階段，傳世的八分文物相當多，古隸則鮮見。直到漢簡、漢代帛書等的出現，才見到大批古隸的實跡。其後，才又在秦簡上見到更早的秦隸，使得隸書發展過程中向來空白的秦隸階段得以補足。復因秦簡中已可見到少數八分筆勢的運用，西漢簡中也大量使用，故傳統八分起源之說得以修正，改而上溯至秦漢之際。據此，隸書的發展過程可以表列如下：

春秋末年	秦、漢初	東漢	魏晉
隸書萌芽	古隸盛行	八分盛行	楷書繼起
	八分萌芽		

第五章　隸變方式和隸變規律

　　文字的演化，主要表現在結構與筆畫兩方面。表現在結構上的，有組成部件的形狀不同，或是安排位置和筆畫數量等的不同；表現在筆畫上的，則爲弧線變直線、圓轉變方折等的差異。在隸變的過程中，文字的結構與筆畫均較古文字有更重大的變化，尤其在結構上，或分化、或混同，完全失去古文字原來的面貌，造成隸變的複雜化。例如：「馬」字本爲橫式的圖畫文字，後來改爲直寫，其頭形已變得像「目」字，再加上項背間的鬃毛，就變成小篆隸書裡馬字的上半部；而身體的足尾之形漸漸混同不分，到了隸書更變爲四點，和「火」字的偏旁混同，全不見其始象形之貌。

　　本章即透過對《秦漢魏晉篆隸字形表》一書所收的字例，做一番分析歸納，並對各字的結構偏旁加強探討，進而得出整個隸變的規律。以下，茲分隸分、隸合及隸變的規律三節，略爲敘述，並附以表格輔助說明。

第一節　隸　分

　　在隸變的過程中，或爲了書寫便利、或因所處位置的差異，往往一個篆體部件分化成幾個不同的隸體標號，如偏旁和獨體字的形體不一，這種情形就稱之爲「隸分」。〔註1〕藉由隸分的觀察，便可探知不同隸體標號間的相關性，及

〔註 1〕關於「隸分」、「隸合」之命名及定義，均採用姜寶昌的說法，請參考其《文字學教程》一書，頁 782。

其演變之所從來。以下便以表格將各篆體部件的分化狀況顯示出來，所見各體依序以常用、罕見、訛誤排列，並略作說明。

1. 一

    一：一→〜（孔龢碑）

    凵：雪→典（春秋事語三〇）

    丶：寽→才（白石神君碑）

    十：丕→丕（魯峻碑陰）

    按：《隸辨》：「從一之字，丕變作丕，偽作十；寸變作寸，偽從點。」〔註2〕

2. 示

    示：示→示（張遷碑）

    示：禽→齊（武梁祠畫象題字）

    禾：祕→秖（孔宙碑）

    按：示字偏旁變為禾，是一種形近的訛誤。《隸辨》云：「從示之字，祚或作秨，偽從禾。」

3. 王

    王：王→王（石門頌）

    禿：皇→禿（夏承碑）

    按：《隸辨》云：「王亦作王，與玉字本文相混……或偽作禿，古文玉也。」故知夏承碑皇字所從非王，實即玉字，然在玉字的諸多寫法中，卻不見此古文形體。

4. 王

    玉：王→玉（史晨碑）

    王：王→王（華山廟碑）

    王：班→班（楊統碑）

    土：璽→壐（石門頌）

    按：《隸辨》云：「從玉之字，靈或作壐，環或作壞，瑚或作塸，皆偽從土。」

5. 人

〔註2〕文中所引《隸辨》語，均出自顧藹吉《隸辨》一書，卷六。

亠：䐁→詥（白石神君碑）

卜：臬→卓（石門頌）

6. 米

朱：米→朱（曹全碑）

米：珠→珠（睡虎地簡五三・三六）

7. 士

士：士→士（魯峻碑）

土：壯→壯（熹・易・雜卦）

工：吉→吾（侯家器）

按：《隸辨》云：「從士之字，吉作吉，壯作壯，皆變從土。」表中吉字從
　　工，亦形近而僞。

8. 屮

艹：芝→芝（魏受禪表）

卅：菹→菹（蒼頡篇一五）

䒑：荅→荅（石門頌）

大：莫→莫（老大甲一九）

廾：葬→葬（魯峻碑）

丌：莫→莫（孫臏一一三）

按：《隸辨》云：「（艸）亦變作䒑，或作卅，與叭字異文相混。」表中艸
　　字又與大、廾、六等混同。

9. 彡

彡：鬖→鬖（魯峻碑）

仌：珍→珍（鮮于璜碑）

按：彡字或僞作仌。

10. 巿

介：巿→介（白石神君碑）

冖：爵→爵（曹全碑）

11. 釆

米：璠→璠（楊統碑）

⑪：龍→卷（劉熊碑）

按：《隸辨》云：「（釆）亦作米 米，從古文釆變，古文作米，與粟米字
　　相類，隸變則與粟米字無別；奚亦從釆變作关，卷眷莽等字從之。」
　　故知釆作米，並非訛誤，而是承古文分化而來。

12. 半

牛：半→牛（孔龢碑）

牛：牡→牡（熹・詩・車攻）

半：半→半（睡虎地簡二三・五）

牛：解→解（居延簡甲七一五）

干：解→解（石門頌）

米：粃→粃（老子甲四八）

扌：物→扬（居延簡甲五〇九）

土：造→造（上林量）

ㄥ：告→告（春秋事語九二）

工：告→舌（尚方鏡四）

按：《隸辨》云：「從牛之字，犀省作犀……牟或作牟，解或作解，僞從干。」
　　又云：「從告之字，造或作造，僞從吉。」

13. 凵

凵：凵→凵（淮源廟碑）

△：單→單（熹・春秋・文十四年）

14. 彔

彔：剝→剝（熹・易・剝）

彔：祿→祿（黽池五瑞圖題字）

彔：祿→祿（孫臏一九）

按：《隸辨》云：「彔，說文作彔，象形……變作彔、彔，亦作彔、彔，祿 錄逯
　　等字從之。」

15. 巛

巛：巡→巡（老子乙前一二一下）

兆：巟→巟（孔彪碑）

16. 竹

竹：林→竹（衡方碑）

⺮：第→筆（西陲簡四八・一八）

艹：筍→苟（熹・詩邶風・谷風）

卄：篇→蔫（孔褒碑）

朩：箅→匀（老子甲後二二六）

按：《隸辨》云：「（竹）亦作十十、十大，或作十十、屮屮，與艸無別。字在上者作竹，或作十十、艸，亦作艹、⺮，與從艸之字無別。」

17. 癶

癶：豋→登（孔宙碑）

北：聲→翡（縱橫家書八五）

⺊：證→證（居延簡甲一〇一三）

按：《隸辨》云：「（癶）或省作癶，亦變作癶，登癸發等字從之。」癶本從雙止，隸變後，不復見本形，多作癶。

18. 止

止：止→止（熹・易・說卦）

乚：超→超（孔彪碑）

乙：吞→吞（相馬經三六下）

⺶：歬→前（石門頌）

山：止→岥（樊敏碑）

之：定→定（曹全碑陰）

山：赴→徙（石門頌）

按：《隸辨》云：「（止）字在上者亦作山，或省作⺶，前字從之，與從艸之字無別，前本作前，非從艸也。字在下者作止，或作之，與從之之字無別……亦作山，與從山之字無別。」

19. 屮

一：每→每（孔彪碑）

十：賈→賈（曹全碑）

20. 止

辵：䠟→遁（熹・論語・微子）

辵：雝→維（縱橫家書五三）

辵：䢮→迪（石經尚書殘碑）

乚：跡→迹（居延簡甲四九）

辵：䢰→适（滿城漢墓銅鐘）

按：《隸辨》云：「辵……亦作彡、辶，省作彡、辶，或變作乛。」

21. 廴

廴：徑→往（睡虎地簡一〇・一〇）

廴：建→建（晉辟雍碑陰）

乚：建→建（居延簡甲一一六一）

辶：征→延（華山廟碑）

按：《隸辨》云：「廴……亦作弋、文，或作辶、辶，延廷建等字從之。
延或作延……僞從辵。」

22. 爪

爪：采→采（孔宙碑）

巨：㕚→印（老子乙二一四下）

日：爭→爭（禮器碑）

按：爪變為日，其演變過程應如下：爭→爭→爭。

23. 肉

月：胖→胖（熹・儀禮・士虞）

肉：肉→肉（流沙簡・屯戍四・一四）

夕：祭→祭（華山廟碑）

夕：祭→祭（史晨碑）

按：《隸辨》云：「肉，說文作肉，象形，隸變與日月字相類，亦作夕、夕，
然祭畚備將等字從之。然或作然，祭或作祭，將或作將，僞從夕。」

24. 才

才：才→才（定縣竹簡九五）

ナ：杜→左（史晨碑）

十：㦵→㦵（武氏石闕銘）

按：《隸辨》云：「（才）亦作𠂆，在存字從之，在或作左，存或作存，與
　　從又之字無別。亦從才……亦作𢦏，僞從十。」

25. 羊

羊：羊→羊（尹宙碑）

芊：羌→芜（趙寬碑）

半：翔→翔（校官碑）

羊：祥→祥（衡方碑）

羊：祥→祥（老子甲三七）

米：祥→祿（老子甲一五四）

26. 勹

勹：葡→荀（熹・春秋・昭十七年）

勹：匐→匋（老子甲一〇一）

一：軍→軍（曹全碑陰）

冖：匒→芑（魏封孔羨碑）

按：《隸辨》云：「匍匐從勹，匍變作軍，匐變作冡，僞從冖。」

27. 𠂊

刀：𠂊→刀（居延簡甲五〇九）

刂：班→班（楊統碑）

刂：刑→刑（碩人鏡）

勹：召→召（魯峻碑陰）

刂：劓→劓（江陵十號漢墓木牘二）

按：《隸辨》云：「（刀）字在右者作刂，亦作勹刂……從刀之字……召或
　　作名，僞從勹，勹即人字之在上者。」

28. 㸚

㸚：昔→昔（郙閣頌）

㸚：譜→譜（縱橫家書二三二）

㸚：昔→昔（一號墓竹簡八二）

㞷：晉→晉（老子乙一七六下）

𣥂：昔→昔（校官碑）

29. 冐

　　身：冐→身（魏上尊號奏）

　　耳：㝢→㝢（武威醫簡四八）

　　牙：雖→雅（石門頌）

　　按：《隸辨》云：「（牙）亦作冐、身……或作耳、耳，與耳字相類。」顧氏
　　　　但云牙字一形與耳字相類，然而在漢簡中已可看到牙字正作耳形。

30. 汸

　　方：汸→方（熹·易·說卦）

　　力：房→房（武威簡·服傳一五）

　　勹：房→房（居延簡甲五五八）

31. 文

　　文：文→文（孔龢碑）

　　爻：吝→吝（熹·易·家人）

　　攵：溦→汶（王孝淵碑）

32. 羊

　　屰：扴→朔（韓仁銘）

　　羊：鮮→鮮（孫臏一〇六）

　　干：薢→訴（晉張朗碑陰）

　　才：䎳→想（甘谷漢簡）

　　手：扴→翔（武氏石闕銘）

33. 束

　　束：第→策（晉太公呂望表）

　　主：賷→賣（相馬經七三上）

　　炎：賷→賷（睡虎地簡二五·四一）

　　夾：綝→綝（春秋事語八〇）

　　來：棘→棘（華芳墓志）

　　按：《隸辨》云：「策亦作筴，刺變作刾，亦作刾，皆僞從夾；賣或作賣，
　　　　亦作賷，僞從生；棘或作棶，僞從來。」

34. 乙

己：茫→范（張遷碑陰）

己：茫→范（晉太公呂望表）

35. 禾

　　禾：禾→禾（石經魯詩殘碑）

　　木：磿→磨（武威醫簡七一）

36. 弓

　　乃：弓→乃（史晨碑）

　　弓：弓→弓（衡方碑）

37. 厶

　　△：弘→厷（華芳墓志）

　　口：弘→台（老子甲一三）

38. 刀

　　人：刀→人（孔龢碑）

　　亻：刀二→仁（禮器碑）

　　歹：列→死（定縣竹簡五）

　　几：剴→飢（熹・書序）

　　卜：卧→卧（老子乙前九四上）

　　亼：盟→臨（武威簡・有司六五）

　　勹：負→負（睡虎地簡二四・三四）

　　〈：剗→刻（西陲簡三九・三）

　　乙：初→旭（春秋事語二一）

　　彳：初→机（睡虎地簡一〇・五）

　　按：《隸辨》云：「字在左者或作刀，與說文同，亦作刀，或變作彳，亦作

　　　　亻……字在上者作勹，危矦色急臽奐負等字從之……亦作亼，或作

　　　　宀，飾飭臨監等字從之。」

39. 邑

　　巴：邑→邑（熹・易・井）

　　卩：邑→昂（衡方碑）

　　己：巽→巽（熹・易・說卦）

尸：辟→辟（孫子五二）

巳：号→邑（禮器碑）

阝：舀→郡（史晨碑）

按：《隸辨》云：「（阝）亦作巴，省作己、巳，與戊己之己，辰巳之巳相
　　類，邑色絕危肥夗巷遷僊卷巽等字從之……亦作尸、尸，服報辟等
　　字從之，變作卩、尸，亦作卪、尸……卻邨字亦從卩，變作卻郵，
　　偽從阝。」

40. 火

火：火→火（衡方碑）

灬：炎→烝（熹・詩・東山）

小：遼→遼（熹・公羊桓十五年）

屵：光→光（范氏碑）

41. 炎

炎：炎→炎（耿勳碑）

未：黑→黑（孫子一五一）

杰：黑→黑（史晨碑）

米：鄰→鄰（熹・易・謙）

按：《隸辨》云：「從炎之字，粦或變作粦，偽從米。」

42. 丷

卝：瓘→瓘（華芳墓志）

廿：叢→叢（張遷碑）

亠：護→護（武威簡・泰射六）

丫：祘→祘（孫臏八七）

工：驪→驪（滿城漢墓銅印）

亠：舊→舊（禮器碑）

按：《隸辨》云：「丷，說文作羊，羊角也，象形。隸省作卝，從丷之字或
　　偽作卝，亦作亠。」

43. 夶

赤：夶→赤（相馬經一六下）

赤：交→赤（天文雜占二·六）

朿：交→朿（史晨碑）

炎：交→炎（睡虎地簡一七·一三九）

44. 彖

彖：噱→噱（三公山碑）

豫：緣→緣（趙君碑）

按：《隸辨》云：「象，說文作彖……隸從古文豫，亦作豕、彖。」

45. 氏

氏：氐→氏（曹全碑）

民：昏→昏（春秋事語九五）

千：浯→活（魏上尊號表）

按：《隸辨》云：「從氏之字，浯變作活，捂變作括，皆偽從千，與口舌之舌無別。」

46. ㄨ

ㄨ：ㄨ→乂（白石神君碑）

又：艾→艾（鮮于璜碑）

47. 甲

甲：甲→甲（華山廟碑）

十：早→早（堂谿典嵩山石闕銘）

按：《隸辨》云：「從甲之字，早變作甲，戎變作戎，偽從十。」

48. 干

干：干→干（曹全碑）

丫：羑→羑（趙寬碑）

按：《隸辨》云：「(干)亦作丫，芋羊辛等字從之。」

49. 𤔔

㣺：喬→柔（五十二病方二三八）

米：喬→柔（孔宙碑）

50. 大、介

大：大→大（孔龢碑）

土：〔圖〕→肚（居延簡甲一九Ｂ）

火：美→羔（老子甲九五）

廾：夰→弈（尹宙碑）

攵：大→攵（孫臏四）

夊：夭→夭（心思君王鏡）

夂：奇→奇（縱橫家書二○九）

六：〔圖〕→衛（晉辟雍碑陰）

爻：〔圖〕→睯（足臂炙經三）

工：因→国（史晨碑）

灷：〔圖〕→〔圖〕（老子甲一六七）

友：美→羑（老子甲後四○四）

八：〔圖〕→桼（老子甲後四○四）

按：《隸辨》云：「從大之字……因或作国，偽從工……厽變作去，炎變作赤……與從土之字無別。」

51. 米

米：米→米（曹全碑）

小：〔圖〕→秉（華山廟碑）

按：《隸辨》云：「從米之字。康省作康，與從隶之字無別。」

52. 〔圖〕

覀：〔圖〕→要（曹全碑）

曲：〔圖〕→農（孔龢碑）

田：〔圖〕→農（華山廟碑）

53. 弓

勹：〔圖〕→茍（婁壽碑）

丩：叧→叫（楊著碑）

54. 木

木：余→余（天鳳石刻）

木：余→余（老子甲一二一）

朱：〔圖〕→楳（老子甲七三）

55. 林

　　林：麻→麻（一號墓竹簡一五一）

　　丑：斄→散（石門頌）

　　丑：斄→散（武威簡・特牲四二）

　　按：《隸辨》云：「（麻）從广、從林，亦作麻，或作麻，僞從林，經典相
　　　　承用此字。」又：「散或作散，僞從林，亦變作散。」

56. 林

　　林：禁→禁（五十三病方二三六）

　　林：禁→禁（永始承輿鼎）

　　井：禁→禁（居延簡甲一一）

　　按：《隸辨》云：「從林之字，彬或作彬，楚或作楚，墊或作墊，皆僞從
　　　　林，林讀若派，從市，與林異。」

57. 言

　　言：言→言（石門頌）

　　言：言→言（老子甲七一）

　　言：談→談（老子甲一六五）

　　音：語→語（祀三公山碑）

　　舌：滄→滄（耿勳碑）

　　按：《隸辨》云「（言）亦作音，省辛爲立。亦作吾、舌，音詹啻音等字從
　　　　之。」

58. 世

　　世：世→世（曹全碑）

　　世：世→世（禮器碑陰）

59. 於

　　才：於→於（孔宙碑）

　　屮：於→屮（北海相景君碑）

　　按：爲烏古文，隸變與從於（於）之字同。

60. 巾

　　巾：巾→巾（衡方碑）

小：業→業（華山廟碑）

61. 舁、舁

　　廾：喬→喬（縱橫家書三二）

　　戶：甈→甈（孔龢碑）

　　六：響→譽（孔宙碑）

　　艹：異→異（禮器碑）

　　大：兵→兵（孫子一五）

　　灬：丞→丞（曹全碑）

　　六：具→具（石門頌）

　　木：榮→榮（漢永建黃腸石）

　　按：《隸辨》云：「（収）變作艹、廾，昇弄弈等字從之，與從艸之字無別。
　　　　亦作大，奐奂等字從之，與從大之字無別。奂即戒字，亦作奂，與
　　　　從六之字無別。亦作六，兵具其與興等字從之，與從廾之字無別。
　　　　亦作六，奉泰……等字從之。亦作灬，丞承等字從之。」

62. 廿

　　廿：廿→廿（韓仁銘）

　　廾：革→革（熹・易・乾文言）

　　艹：革→革（魏受禪表）

　　亠：革→革（楊統碑）

63. 先

　　先：先→先（定縣竹簡三四）

　　夫：贊→贊（張壽殘碑）

　　主：贊→贊（縱橫家書二〇八）

　　按：《隸辨》云：「先，說文作……作先，經典相承用此字。亦作先，從先
　　　　之字，贊或作贊，亦作贊……與從天、從失、從夫之字無別。」

64. 少

　　少：省→省（元始鈁）

　　木：省→省（老子乙一八四下）

65. 丮

丸：埶→執（靈臺碑）

𠃌：埶→埶（老子乙前一二下）

凡：𠨧→夙（北海相景君碑）

月：𦏵→𦏵（睡虎地簡二三・一）

按：《隸辨》云：「（丮）變作丮，亦作丮、卂，與卂疾之卂相類，亦作丸，經典相承用此字。從丮之字，𠨧變作夙……從凡。」丮字於秦簡亦僞從月。

66. 歺

歺：𣧊→𣧊（睡虎地簡二四・二二）

歹：殆→殆（老子乙二四八上）

夕：𣩵→粲（晉辟雍碑陰）

按：從歹之字，或僞從夕，如《隸辨》云：「殂或作𡖄，僞從夕。」

67. 白（象鼻形）

白：皇→皇（禮器碑）

曰：皆→皆（老子甲五四）

按：白，象鼻形，與自字同，隸定而與黑白之白無別。從白之字，如皆作皆、者作者……等，均變白爲曰。

68. 又、𠂇

又：又→又（熹・公羊・僖十年）

𠂇：右→右（華芳墓志）左→左（佳銅鏡）

又：父→父（北海相景君銘）

乂：玦→玦（西陲簡四○・三）

寸：寺→寺（曹全碑）

彐：君→君（定縣竹簡四一）

十：乘→乘（禮器碑）畢→畢（老子乙二四）

ナ：侍→侍（孫子六四）

く：𨛭→𨛭（孫子一六七）

ヨ：賢→賢（老子甲八四）

按：又字象手形，亦作ナ，與從才的在字同形；亦作乂，史史丈等字從

之，與從又之字無別。

69. 殳

    殳：股→股（石門頌）

    殳：設→設（孔宙碑）

    攵：設→敢（孔彪碑）

    又：設→設（睡虎地簡十‧四）

    攴：祋→祋（老子甲後一七九）

    按：《隸辨》云：「（殳）亦作殳、殳，亦作殳、殳……從殳之字……敢或作敢，譌從攵；敢亦作敢，譌從攵，設或作設，譌從殳。」

70. 者

    夕：睹→睹（魏封孔羨碑）

    支：者→者（相馬經七上）

    才：覩→覩（魏受禪表）

    义：者→者（汝陰侯墓太乙九宮占盤）

    灬：者→者（君有行鏡）

71. 丰

    土：害→害（淮源廟碑）

    丰：害→害（孔彪碑）

    按：害字從丰，變作害，譌從土。

72. 廾

    六：其→其（新嘉量）

    廾：界→界（耿勳碑）

    大：翼→奐（曹全碑）

73. 生

    生：生→生（熹‧書‧盤庚）

    土：壽→壽（石門頌）

    主：靖→靖（睡虎地簡一八‧一五一）

    王：牲→牲（池陽令張君殘碑）

    按：生，從屮從土，隸定作生，經典則通用生，或作主，如青字。或省

屮從土，如石門頌的毒字。亦僞從王，如旌作旌字。

74. 珏

　　丑：屟→展（流沙簡・小學一・八）

　　丗：麠→塞（熹・詩・燕燕）

　　按：《隸辨》云：「從珏之字，屟變作展，僞與襄字相類，亦省作展，今俗
　　　　作展。塞變作塞，亦作塞，與從寒省之字無別。」

75. 日

　　甘：日→甘（承安宮鼎）

　　日：猒→猒（婁壽碑）

　　按：《隸辨》云：「（甘）從口含一，變作甘，經典相承用此字，亦作甘。
　　　　從甘之字，猒或作猒……僞從日。」

76. 豊

　　曲：禮→禮（禮器碑）

　　曲：禮→禮（孔龢碑）

　　酉：禮→禮（北海相景君銘）

　　田：禮→禮（史晨碑）

　　由：禮→禮（孫臏三五八）

77. 豐

　　曲：豐→豐（淮源廟碑）

　　曲：豐→豐（熹・易・豐）

　　田：豐→豐（史晨碑）

　　按：豊與豐二字常相混無別，故二字之演變情形亦相似。

78. 來

　　來：來→來（孔龢碑）

　　来：來→来（禮器碑）

　　主：麥→麦（西狹頌）

79. 皀

　　皂：郷→即（孔龢碑）

　　良：食→食（睡虎地簡十・七）

皀：食→食（老子甲三二）

按：皀字從白從匕，隸變作皀，與從日從匕的皀字混同。食字從皀，僞變從良。

80. 虍

丙：䳢→號（熹·易·萃）

卢：盧→盧（相馬經三上）

丣：㡌→帍（尚方鏡）

雨：虖→虖（禮器碑側）

甫：虧→虧（北海相景君銘）

丙：虜→虜（武威簡·有司一一）

按：虍，象虎頭形，隸變作雨、丣、丙，與雨字相混無別。

81. 邑

邑：邑→邑（孔宙碑陰）

阝：邦→邦（魏王基殘碑）

乡：雝→雝（王孝淵碑）

目：郡→郡（北海相景君銘）

按：《隸辨》云：「（邑）字在右者作阝，或作目，與從自從𠂤之字無別。從邑之字，雝變作雍，與鄉字左旁同，蓋從反邑也。」

82. 犬

犬：犬→犬（孔龢碑）

犭：狄→狄（樊敏碑）

土：壐→壐（熹·易·乾文言）

尤：尨→尨（衡方碑）

大：器→器（居延簡甲二一一五）

于：器→器（老子甲四一）

工：器→器（居延簡甲七一二）

友：突→窆（趙寬碑）

按：《隸辨》云：「從犬之字，器亦作器，僞從工……突或作窆……僞從友……亦作尤，尨字從之；亦作土，壐字從之；字在左者變作犭。」

83. 回、囘（象回轉之形）

回：回→回（北海相景君銘）

冊：圖→圖（北海相景君銘）

曰：亘→亘（趙寬碑）

84. 巛

从：巛→從（孫子六五）

屮：巛→災（西陲簡五一・一九）

兰：巛→從（武威簡・有司二）

巛：巛→愈（郙閣頌）

85. 月

肰：肰→丹（禮器碑陰）

月：請→請（武威簡・士相見一）

86. 夊

夊：憂→夏（武威簡・士相見一）

支：敊→敊（尹宙碑）

友：敊→致（熹・易・說卦）

按：從夊之字，隸變而偽從支，亦偽從友，如致字。

87. 艮

艮：艮→艮（睡虎地簡八・九）

巴：郒→郎（魏封孔羨碑）

88. 矢

矢：矢→矢（武威簡・燕禮五一）

夫：暌→睽（熹・易・睽）

先：橾→橾（衡方碑）

夫：雉→雉（熹・易・詩・雄雉）

寸：謝→謝（禮器碑陰）

按：《隸辨》云：「矢，亦作夫……亦作矢矢，經典相承用此字……知亦作知，疾或作庚……與從夫之字無別。橾或作橾，與從先之字無別。」另謝字本從矢，後偽從寸，經典相承用此從寸的謝字。

89. 口（象築也）

    口：髙→高（曹全碑）

    日：京→京（熹・易・校記）

90. 回

    回：亶→亶（樊敏碑）

    田：稟→稟（吳谷朗碑）

    囲：畜→畜（睡虎地簡二三・二）

    囲：亶→亶（馬王堆易四）

91. 羊

    丰：逢→逢（華山廟碑）

    羊：逢→逢（孫臏一〇一）

92. 王

    主：柱→杜（袁博殘碑）

    王：柱→柱（老子甲一三六）

93. 支

    支：崎→岐（鮮于璜碑）

    攵：崎→峻（華山廟碑）

    按：《隸辨》云：「支，說文作支，從又持半竹，隸僞從十，乃支尺之支也，

        以支爲支，別作丈。」

94. 木

    木：杜→杜（杜陽鼎）

    木：木→木（西狹頌）

    木：棃→棃（淮源廟碑）

95. 㕞

    屮：季→季（魯峻碑）

    手：素→素（孫臏三二）

    主：素→素（春秋事語六八）

    羊：瘥→瘥（熹・詩・節南山）

    按：《隸辨》云：「（㕞）亦作巫、巫，或作屮。從巫之字……叕亦作芏，

與從羊之字無別；粂或作素，與從生之字無別。」

96. 寺

    攵：倏→條（白石神君碑）

    攴：敃→敃（縱橫家書一四六）

    殳：斅→斅（熹‧儀禮‧燕禮）

    又：敍→叙（北海相景君銘）

    文：倏→倏（晉石尠墓志）

    父：槃→槃（曹全碑）

    按：寺，隸定作攴，經典相承作攵。

97. 耂

    耂：耂→老（淮源廟碑）

    丈：耂→孝（一號墓竹簡九七）

    耂：壽→壽（武威簡‧少牢三三）

    土：壽→壽（縱橫家書二八一）

98. 止

    屮：止→屮（見日之光鏡）

    之：止→之（熹‧易‧蹇）

    土：志→志（曹全碑）

    按：止，隸定作屮，變作之，經典相承用此字。《隸辨》云：「從之之字，
           忐或作志，寺或作寺，對變作封，與從土之字無別。」

99. 寺

    丈：寺→丈（郙閣頌）

    文：寺→文（一號墓竹簡二四四）

100. 儿（象人股腳之形）

    儿：元→元（承安宮鼎）

    八：頁→頁（曹全碑陰）

    人：儿→人（一號墓竹簡一三七）

    乃：贕→贕（魏王基殘碑）

101. ○（象星形）

口：𣎟→枭（衡方碑）

△：𣎟→枭（曹全碑）

102. 㲋

欠：𩖑→資（武威簡・服傳一）

又：𨥏→釱（居延簡甲六五〇）

103. 网

网：网→网（譙敏碑）

冈：网→冈（曹全碑）

罒：罰→罰（武威簡・泰射六三）

罒：罰→罰（北海相景君銘）

罒：罰→罰（孫子八二）

按：《隸辨》云：「冈，古文网也，變作罒。字在上者亦作罒，經典相承用此字。」

104. 巠

壬：𧗸→程（曹全碑）

王：𧗸→程（楊叔恭殘碑）

土：𧗸→𡎯（天文雜占二・四）

按：巠，隸定作壬，或作王，而與姓氏之王字混同。

105. 彡

彡：形→形（鄭固碑）

氵：須→湏（孔龢碑）

冫：彥→彥（范氏碑）

106. 夶

夫：夶→夫（史晨碑）

天：昦→昦（范氏碑）

先：槻→槻（曹全碑）

按：《隸辨》云：「從夫之字，規變作槻，與從先之字無別。」

107. 毛

毛：毛→毛（孔彪碑）

毛：羹→羹（始建國元年銅撮）

木：尾→尿（孫臏三〇七）

108. 屮（畏字之下半部）

　　止：畾→畾（老子甲後一九三）

　　乚：畾→農（縱橫家書一二四）

109. 豕

　　豕：豕→豕（熹・易・睽）

　　豖：豕→豕（孔龢碑）

　　夕月：劇→劇（孔宙碑陰）

　　多：劇→劇（流沙簡・補遺一・二二）

　　按：《隸辨》云：「（豕）或作豕，即豪字也。古文家作家，以豕爲豕，河內名豕曰豪，古蓋通用。從豕之字……劇變作劇，僞從処。」

110. 鹿

　　声：鹿→鹿（禮器碑）

　　声：鹿→鹿（熹・春秋・僖二十一年）

　　曲：鹿→鹿（武威簡・泰射三六）

　　茜：鹿→萬（縱橫家書一六一）

111. 仌（象文理之形）

　　土：卻→却（史晨碑）

　　仌：卻→卻（春秋事語八二）

　　爻：卻→郤（白石神君碑陰）

112. 夾

　　夾：夾→夾（祀三公山碑）

　　夾：夾→夹（曹全碑）

113. 水、⺌

　　水：水→水（熹・易・說卦）

　　氵：河→河（睡虎地簡十・七）

　　氺：泰→泰（禮器碑陰）

　　六：溢→溢（郙閣頌）

氵：羴→羨（趙君碑）

按：《隸辨》云：「（水）字在左者亦作氵，經典相用此字……字在上者作⺀，
益字從之……字在下者作氺，亦作⺀，雨泰滕等字從之。」

114. 矢

矢：昗→吳（孔宙碑）

矢：誤→誤（睡虎地簡四三・二〇七）

夫：虞→虞（華山廟碑）

夫：誤→誤（居延簡甲一〇五八）

按：《隸辨》云：「（矢）吳吳字從之，吳或作吳，亦作吳、吳，與從矢從
失從夫之字無別。」

115. 雨

雨：雨→雨（曹全碑）

雨：霸→霸（霍壺）

雨：靈→靈（石門頌）

按：《隸辨》云：「雨，亦作雨，與虎字異文相混。」

116. 夭

夭：夭→夭（晉太公呂望表）

土：走→走（淮源廟碑）

大：夲→夲（相馬經五上）

又：橋→橋（睡虎地簡四七・四〇）

犬：笑→笑（老子乙前一五二上）

按：《隸辨》云：「走……從夭從止……或作夲，偽從大；亦作走，偽從
土，經典相承用此字。」又云：「從夭之字……喬變作奔，偽從犬；
喬亦作喬，偽從又；喬亦作奔，偽從大。」

117. 鹵

鹵：鹹→鹹（三體石經・春秋・文十一年）

覀：鹽→鹽（武威簡・服傳四）

田：鹽→鹽（武梁祠畫象題字）

按：鹽字本從鹵，變作覀，而與從西之字相類，經典相用此字。

118. 心
　　心：心→心（熹・易・益）
　　心：但→怛（夏承碑）
　　心：順→慎（淮源廟碑）
　　心：性→性（徐美人墓志）
　　心：但→怛（北海相景君銘）

119. 瓦
　　瓦：瓦→瓦（張景碑）
　　月：甄→甄（武威簡・特牲四八）
　　按：甄字從瓦，隸變如表中所示，而與從月之字相類，非從月也。

120. 手
　　手：手→手（史晨碑）
　　丰：承→承（禮器碑）
　　丰：舉→舉（老子乙前一四三下）
　　扌：扶→扶（西狹頌）
　　牛：牴→牴（蒼頡篇二一）
　　半：特→特（孫臏四六）
　　干：瑲→瑲（曹全碑）
　　按：手，字在左者作扌，字在下者作丰。從手之字因形近而偽從半、牛，
　　　　如表中所示，《隸辨》亦云：「奉或作奉，偽從半。」

121. 黍
　　主：腈→腈（武威簡・有司一一）
　　炎：青→青（足臂灸經一四）
　　夫：賸→賸（相馬經五一上）

122. 匕
　　匕：匕→匕（曹全碑）
　　匕：扁→扁（老子甲五七）

123. 匕
　　匕：比→比（睡虎地簡八・二）

　　　　乢：祉→祉（夏承碑）

　　　　乚：祉→祀（晉辟雍碑）

124. 宀

　　　　六：宀→六（孔宙碑）

　　　　大：宊→宊（孔彪碑）

　　　　六：宊→冥（熹・易・豫）

　　　　人：宊→泉（老子乙前一下）

　　　　六：宀→穴（孫臏三四）

125. 金

　　　　金：金→金（婁壽碑）

　　　　金：錭→銅（老子甲後一七九）

　　　　金：銅→銅（耿勳碑）

　　　　按：《隸辨》云：「（金）亦作金、金，或省作金，亦作金，經典相承用

　　　　　　此字。」

126. 初

　　　　刅：裪→處（熹・公羊・宣六年）

　　　　刄：裪→裒（史晨碑）

　　　　冊：初→冊（相馬經二上）

127. 阜

　　　　目：䏶→陳（魯峻碑陰）

　　　　阝：阝→阪（樊敏碑）

128. 弓

　　　　己：弓→己（史晨碑）

　　　　巳：弓→巳（西狹頌）

129. 川（象水流之形）

　　　　川：川→川（尹宙碑）

　　　　川：㴲→侃（衡方碑）

　　　　㠯：㳥→巡（王孝淵碑）

　　　　小：坙→巠（老子甲八三）

130. 川（象髮形）

　　川：巰→疏（魯峻碑）

　　小：縣→縣（曹全碑）

131. 巳

　　巳：祂→祀（孔龢碑）

　　己：祂→祀（淮源廟碑）

132. 辛

　　辛：辛→辛（孔龢碑）

　　丰：辡→拜（孫臏一二六）

　　羊：縡→遅（禮器碑）

　　按：《隸辨》云：「（辛）亦作辛、辛，或作丰、丰，亦作辛，經典相承用
　　　　此字。從辛之字……辜亦作辜，偽從羊。」

133. 吕

　　吕：吕→吕（北海相景君銘）

　　△：吕→合（老子甲五七）

134. 卯

　　卯：卯→卯（永元石刻）

　　吅：坒→坒（孫臏三六）

　　∧∧：畾→畱（孔龢碑）

135. 臼手

　　臼：臾→興（禮器碑）

　　申：申→申（張景碑）

136. 臾

　　虫：賢→貴（縱橫家書四一）

　　虫：賢→貴（老子甲四〇）

137. 干

　　工：贛→贛（春秋事語六二）

　　干：絹→絳（老子乙前一一六上）

　　木：儥→儥（史晨碑）

138. 水

    木：鑽→檾（石門頌）

    木：深→深（老子甲四六）

139. 臿

    丏：壽→壽（睡虎地簡三〇・三八）

    尸：壽→屬（曹全碑）

140. 光

    土：讚→讀（魏上尊號奏）

    主：濴→濴（老子乙前一二五上）

141. 舟

    月：朝→朝（史晨碑）

    刖：朝→朝（老子乙二三八下）

    爿：臂→臂（老子甲後一八八）

    按：舟字隸變作月，如朝字，而與從月之字混同無別。

142. 禸（象蝎螫之形）

    艹：萬→萬（張景碑）

    丷：萬→萬（武氏石闕銘）

143. 爻

    爻：肴→肴（孔彪碑）

    爻：斅→斅（鮮于璜碑）

    爻：佾→佾（秋風起鏡）

    文：晞→晞（郭休碑陰）

144. 戈

    犮：紱→紱（熹・易・困）

    天：撫→撫（婁壽碑）

    夭：撫→撫（衡方碑）

145. 身

    身：身→身（西陲簡四八・四）

    身：身→身（曹全碑）

耳：<!-- 篆字 -->→寫（北海相景君銘）

按：《隸辨》云：「（身）亦作身，或作身、耳，亦作身耳、或作耳，與牙字相類；亦作耳，與耳字相類。」

146. <!-- 篆字 -->（象虎足之形）

ㄇ：<!-- 篆字 -->→虎（熹・易・革）

巾：<!-- 篆字 -->→虎（睡虎地簡二九・二五）

尢：<!-- 篆字 -->→虎（孔彪碑）

按：虎字下非從人，乃象虎足之形，隸書則多譌從巾。

看了以上一百四十六組篆體部件的分析之後，可以得到一個最大的結論，也就是一個篆體部件隨其在字中所處位置的不同，其形體亦有所變化。如手字，獨體作手，作為偏旁時，位於字左作扌、位於字下作𠂇、位於字中作丰，一個篆體部件便分化成四個不同的隸體標號。以手字為例，手、扌、𠂇、丰四個隸體標號屬常用或罕用的正體分化字，若再加上因形近的訛誤體，如手字譌從牛、半、干等，則一個篆體部件在隸變的過程中，其演化就更加複雜了。如此，也可以說是隸分使得隸變的結果更加繁雜了，更不易探尋其本源了。

第二節　隸　合

相對於隸分，在隸變的過程中，往往有些不同的篆體部件或因形近，或因簡化等因素而發展成相同的隸體標號，又或者是同義類部件的混用，這些情形稱之為「隸合」，亦即文字演變的同化現象。由於隸合此種狀況的存在，促使漢字偏旁構件的數目減少，多字一形；但若欲透過字形尋求造字用意，則增添了不少困難。下文便分項舉例說明。

1. 隸合為「田」者

田（象阡陌形）：田→田（華嶽廟殘碑陰）

<!-- 篆字 -->（說文以為：象頭會腦蓋形）：<!-- 篆字 -->→思（史晨碑）

用（從甫之字）：〔註3〕<!-- 篆字 -->→博（老子乙二〇五下）

鹵（說文：「西方鹹地也」）：<!-- 篆字 -->→鹽（武梁祠畫象題字）

〔註3〕專字甲文作<!-- 篆字 -->（戩三六・一五），金文作專（番生簋），象以手束物形，即縛之本字，本不從甫，後以形近，訛由為甫，後遂因之。

田（段注以爲：象車輿形）：車→車（史晨碑）

（象魚身）：魚→魚（孔宙碑陰）

（說文：「古文囪」）：黑→黑（史晨碑）

（說文：「鬼頭也」）：鬼→鬼（曹全碑）

田（說文以爲：象穿物形）：疐→疐（老子乙前一四六上）

田（說文以爲：象果形）：果→果（唐公房碑）

（段注以爲：象瓦器形）：盧→盧（老子甲後二一八）

（角字部分）：衡→衡（尹宙碑）

田（說文：「象謹形」）：惠→惠（西狹頌）

（說文以爲：象推糞器形）：糞→糞（居延簡甲一八〇二）

（說文以爲：象胃形）：胃→胃（老子甲三九）

田（說文以爲：象獸足掌形）：番→番（老子乙前一二六上）

田（象捕獸器之一部分）：〔註4〕獸→獸（定縣竹簡五）

（說文以爲：象蝎之身形）：萬→萬（張景碑）

田（說文以爲：象雷電回轉形）：靁→靁（魏曹眞碑）

2. 隸合爲「土」者

土（說文：「地之吐生萬物也」）：土→土（衡方碑）

大（說文：「象人形」）：肰→肰（居延簡甲一九B）

屮（說文：「象艸木生出土地」）：𡗗→𡗗（石門頌）

犬（說文以爲：象犬形）：惡→惡（熹·易·乾文言）

（象外出形）：〔註5〕賣→賣（居延簡甲九五A）

止（說文：「出也」）：志→志（曹全碑）

〔註4〕《說文》：「嘼，獸牲也，象耳頭足厹地之形。」按嘼字甲文作（乙六二六九），
　　　與小篆形近。然而獸字甲文作（鐵三六·三）、（甲二二九九）、（拾六·三），
　　　前二形與嘼字小篆異，不似獸形，且其旁又從犬字，故知嘼字必不作獸牲解。嘼
　　　字當作捕獸器解，其形正象結草銜環設陷之形。獸字從嘼從犬，會意，表示捕獸
　　　的方式，引申爲禽獸義。

〔註5〕《說文》：「出，進也，象艸木益滋上出達也。」查出字甲文作（甲四七六）、
　　　（乙九〇九一及），上從足趾形，下所從非口，當象穴或居室形，足趾朝外，正象
　　　出外之意，加行旁更加強行路義，故出字本義當作外出解。

ᄉ（說文以爲：象口上文理形）：谷→𧮫（史晨碑）

光：讀→讀（魏上尊號奏）

夭（段注以爲：象人屈首形）：𠬛→走（淮源廟碑）

𡈼（象人挺立於地上形）：〔註6〕𡆥→𡇛（天文雜占二・四）

𡕂（象毛髮形）：𧶠→𧶠（縱橫家書二八一）

屮（說文：「象艸生散亂也」）：𡩄→宦（老子甲後一九三）

半（象牛首形）：𧲸→造（上林量）

士：壯→牡（熹・易・雜卦）

王（說文：「象三玉之連也」）：霝→霝（石門頌）

3. 隸合爲「曰」者

日（說文以爲：象日形）：日→日（史晨碑）

𦊆（說文：「詞也」）：𦊆→曰（史晨碑）

⊙（說文以爲：象星形）：星→星（華山廟碑）

𦥑（說文：「叉手也」）：𦥑→申（張景碑）

𦥑（說文以爲：象鳥巢形）：巢→巢（禮器碑陰）

日（說文：「象熟物形」）：厚→厚（熹・論語校記）

⊖：𢎐→甲（孫臏四）

口（說文以爲：象建築物形）：京→京（熹・易・校記）

白（說文：「象嘉穀在裏中之形」）：郎→卽（老子甲三八）

⊖（說文以爲：象水源形）：原→原（衡方碑）

回（說文：「古文回，象回轉形」）：亘→亘（趙君碑）

爪（說文：「覆手也」）：舁→舁（禮器碑）

曰（說文：「美也」）：曰→曰（楊統碑）

自（說文以爲：象鼻形）：皆→皆（老子甲五四）

田（說文以爲：象獸足掌形）：𤲞→曾（老子乙前四二上）

〔註6〕《說文》：「壬，善也，從人士……一曰象物出地挺生也。」查壬字甲文作𡉚（天六九）、𡉚（後下三九・一），段注已說明壬字從人土，非從士。壬字從人土會意，象人挺立於地上形。從壬的望字，甲文作𡉚（甲三一二二），正象人挺身極目遠眺之形。故壬字即挺立義，當爲挺字的初文。

4. 隸合為「口」者

凵（說文以為：象口形）：凵→口（淮源廟碑）

口（段注以為：象容器形）：豆→豆（魏封孔羨碑）

口（說文以為：象建築物形）：高→高（曹全碑）

口（段注以為：象戶牖形）：向→向（北海相景君銘）

口（說文以為：象骨節形）：呂→呂（禮器碑陰）

口（段注以為：象封域形）：或→或（曹全碑）

〇（說文以為：象星形）：曑→參（衡方碑）

凵（說文以為：象管孔形）：龢→龢（孔龢碑）

口：克→克（張遷碑）

凵（象物件形）：品→品（華山廟碑）

凵（說文以為：象雨零形）：靈→靈（石門頌）

口（說文：「象回之形」）：回→回（北海相景君銘）

口（說文以為：象山石形）：石→石（西狹頌）

ㄥ（說文：「姦衺也」）：公→公（老子甲一三）

ㄅ（丣之一部，說文以為：象門形）：留→留（張遷碑）

口（段注：「象人首形」）：保→保（衡方碑）

凵（說文以為：象燕身）：燕→燕（魏上尊號奏）

ㄩ（捕獸器之一部）：獸→獸（定縣竹簡五）

5. 隸合為「艸」者

止（象足趾形）：前→前（石門頌）

屮（象艸形）：荅→荅（石門頌）

个（說文以為：象萑鳥之毛角形）：護→護（武威簡·泰射六）

从（從二人，象併人形）：從→從（武威簡·有司二）

廿（象獸頭形）：〔註7〕革→革（楊統碑）

臼（說文以為：象蝎螫形）：萬→萬（武氏石闕銘）

〔註7〕《說文》：「革，獸皮治去其毛曰革。」革字金文作䩵（康鼎），鄂君啟節作䩵，《說文》古文作䩵。徐中舒《漢語古文字字形表》云：「革象張獸皮之形，上象其首，中象其身，下象其足尾。」

𠂹：譠→諠（居延簡甲一〇一三）

𥫗（段注以爲：象竹葉併生形）：簜→蕩（武威簡・泰射四）

屮：苦→苦（春秋事語九二）

6. 隸合為「大」者

大：大→大（孔龢碑）

六（數也）：冥→冥（孔彪碑）

夭：芺→芺（熹・易・萃）

犬：器→器（居延簡甲二一六五）

丌（說文以爲：象薦物之丌形）：奠→奠（曹全碑）

𠬞（說文：「竦手也」）：兵→兵（孫子一五）

艸：莫→莫（老子甲一九）

六：瑱→瑱（孔宙碑陰）

7. 隸合為「西」者

西（說文以爲：象鳥在巢上形）：西→西（史晨碑）

卥（說文：「籒文西」）：卥→西（睡虎地簡四五・一五）

𣆪：覃→覃（武威簡・服傳四）

襾（說文：「覆也」）：賈→賈（睡虎地簡二三・一）

𠧪（說文以爲：象艸木果實下垂貌）：栗→栗（老子乙前五上）

回（說文以爲：象中有戶牖之屋形）：稟→稟（流沙簡・屯戍十・十）

豊（說文以爲：象行禮之器形）：禮→禮（景北海碑陰）

𦥔（從臼從囟）：要→要（曹全碑）

8. 隸合為「主」者

𠂹（段注：「象艸木莖枝華葉」）：素→素（春秋事語六八）

㞷（說文：「艸木妄生也」）：往→往（睡虎地簡三二・四）

來（說文以爲：象麥芒束之形）：麥→麦（西狹頌）

生：請→請（睡虎地簡一八・一五一）

朿（說文以爲：象木芒形）：責→責（相馬經七三上）

𠓜（說文：「象脅肋形」）：膌→腈（武威簡・有司一一）

屮：淩→淩（老子乙前一二五上）

9. 隸合為「月」者

    （說文以為：象月形）：→月（韓仁銘）

    （象肉形）：→胖（熹・儀禮・士虞）

    （說文以為：象船形）：→朝（史晨碑）

    （說文以為：象土器卷曲形）：→（武威簡・特殊）

    （說文以為：象小兒蠻夷頭衣形）：→冑（魏上尊號奏）

    （說文以為：象彩丹井形）：→胥（元始四年漆盤）

    （象鳳之羽翼形）：→（尹宙碑）

    （說文以為：象手有所持據之形）：→（武威簡・特牲一三）

10. 隸合為「小」者

    （說文：「物之微也」）：→小（老子甲五三）

    （說文以為：象水流形）：→（老子甲八三）

    ：→（老子乙前一下）

    （象毛髮形）：→縣（曹全碑）

    （木之下半）：→（老子甲後二一二）

    （說文：「佩巾」）：→（蒼頡篇三八）

    （說文：「籀文大」）：→（老子甲四〇四）

    （說文以為：象火形）：→（熹・公羊・恆十五年）

    （說文：「象水流出成川」）：→原（衡方碑）

    （段注以為：象豆根形）：→叔（孔宙碑）

    （象絲之尾緒）：→素（春秋事語六八）

    （象臺柱形）：→京（熹・易・校記）

11. 隸合為「羊」者

    （象羊首形）：→羊（尹宙碑）

    （說文：「艸盛貌」）：→（孫臏一〇一）

    （象倒人形）：[註8] →朔（武威醫簡九〇乙）

    （說文：「叢生艸也」）：→（居延簡甲一三七九）

〔註8〕《說文》：「屰，不順也。」按屰字甲文作（甲二八〇五）、（乙一七八六），正象倒人之形，引申為不順義。

幸（說文：「所以驚也」）：釋→譯（居延簡甲一五八二）

夲（說文：「進趣也」）：奉→皋（曹全碑）

辛：遲→遲（禮器碑）

12. 隸合為「六」者

六：異→異（新嘉量）

廾（說文：「竦手也」）：瓚→璵（楊統碑）

冂：冒→冥（熹·易·豫）

亢（說文：「高而上平也」）：亢→六（永寧元年磚）

屮屮：異→莫（孫臏一一三）

穴：真→冥（睡虎地簡三四·四九）

13. 隸合為「王」者

王：王→王（石門頌）

王：王→王（老子甲一〇七）

壬：程→程（楊叔恭殘碑）

壬：桯→狂（老子甲一三六）

壬（說文：「象人裹妊之形」）：壬→王（孔龢碑）

壬（說文以為：象鐙形）：壬→主（定縣竹簡四〇）

坣：烃→烃（池陽令張君殘碑）

14. 隸合為「十」者

十（數也）：十→十（天文雜占一·三）

千（數也）：千→十（相馬經三下）

屮（象左手形）：屌→畢（老子乙二四）

彐（象右手形）：萊→萊（禮器碑）

中：昂→早（堂谿典嵩山石闕銘）

才（說文：「艸木之初也」）：哉→𢦏（武氏石闕銘）

屮（象艸形）：賁→賁（曹全碑）

一（數也）：丕→丕（魯峻碑陰）

乞（說文以為象氣不能出形）：朝→朝（史晨碑）

15. 隸合為「丗」者

廿（說文以爲：象燕口形）：燕→燕（熹・儀禮・既夕）

廿：庶→庶（老子乙前一四八下）

㠭（說文：「極巧視之也」）：展→展（流沙簡・小學一・八）

𣏟（說文：「葩之總名也」）：𢿵→散（石門頌）

巛（象水波形）：〔註9〕昔→昔（郙閣頌）

絲：磨→磨（流沙簡・小學五・一二）

止止（象足趾形）：乘→乘（一號墓竹簡四〇）

16. 隸合為「白」者

白（說文以爲：象人面形）：皃→皃（居延簡甲一八二六）

白（說文以爲：象水源形）：原→原（吳谷朗碑）

白（說文：「西方色也」）：白→白（曹全碑）

白（西字一部，說文以爲：象舌形）：宿→宿（武威醫簡二九）

白（段注以爲：象鼓形）：皇→皇（禮器碑）

17. 隸合為「△」者

○（說文以爲：象星形）：參→參（曹全碑）

厶：去→去（華芳墓志）

ㄎ：留→畄（孔龢碑）

口（說文以爲：象口形）：單→單（僖・春秋・文十四年）

㠯：㠯→台（老子甲五七）

18. 隸合為「干」者

干（象盾形）：干→干（曹全碑）

午（象足趾形）：絳→絳（老子乙前一一六上）

手（說文以爲：象手形）：琫→琫（曹全碑）

干：罕→罕（堂谿典嵩山石闕銘）

牛：解→解（石門頌）

19. 隸合為「丰」者

手：舉→舉（老子乙前一四三下）

〔註9〕《說文》：「昔，乾肉也，從殘肉，日以晞之。」以巛象殘肉形。按昔字甲文作昔（甲二九一二）、昔（菁六・一），曲文當肖水波形，與殘肉無涉。

半：半→半（睡虎地簡二三・五）

聿（聿字下半，象筆形）：律→律（史晨碑）

氺（隸字下半，象毛尾形）：隸→肄（相馬經三四下）

羊：窩→寓（睡虎地簡八・一）

20. 隸合為「艹」者

艸：芝→芝（魏受禪表）

艸：噬→噬（熹・易・睽）

𦥑（說文：「竦手也」）：輿→異（禮器碑）

厹（說文以爲：象蝎螫形）：萬→萬（張景碑）

廿（象獸頭形）：革→革（魏受禪表）

丫（說文以爲：象萑之毛角形）：舊→舊（魏封孔羨碑）

21. 隸合為「亠」者

屮（象艸形）：妾→妾（孔彪碑）

刀（說文以爲：象人臂脛之形）：鹽→鹽（武梁祠畫象題字）

㐅（衣字上半）：哀→哀（譙敏碑）

十：𡴀→文（一號墓竹簡二四四）

㐃（象屋頂形）：京→京（熹・易・校記）

㐅（文字上半）：文→文（孔龢碑）

22. 隸合為「米」者

米（說文：「象禾黍之形」）：米→米（曹全碑）

炎（從重火）：燅→郯（熹・易・謙）

釆（說文：「象獸指爪分別也」）：璠→璠（楊統碑）

黍（黍字下半）：柔→柔（孔宙碑）

朱（說文：「赤心木」）：朱→朱（睡虎地簡二三・六）

23. 隸合為「巾」者

巾（說文：「佩巾」）：巾→巾（衡方碑）

巾（帀字下半）：師→師（尹宙碑）

巾（木字下半）：帝→帝（石門頌）

片（說文以：象虎足形）：虒→虒（衡方碑）

24. 隸合為「龶」者

　　叕：讓→讓（史晨碑）

　　㞷：屧→屧（華山廟碑）

　　龶（段注以為：象構架形）：講→講（魏封孔羨碑）

　　龶：賛→賛（武威簡・有司四）

25. 隸合為「灬」者

　　火：熹→烝（熹・詩・東山）

　　川：漁→魚（郙閣頌）

　　灬（焱字下半）：蕉→蕉（魏受禪表）

　　灬（說文以為：象魚尾形）：魚→魚（曹全碑）

　　灬（說文以為：象燕尾形）：燕→燕（熹・儀禮・既夕）

　　人（說文以為：象鳥足形）：鳥→鳥（石經論語殘碑）

　　勿（象獸足尾之形）：馬→馬（曹全碑）

26. 隸合為「廾」者

　　六：巽→昇（耿勳碑）

　　廾（說文：「竦手也」）：奔→奔（縱橫家書三二）

　　艸：葬→葬（魯峻碑）

　　廾：弈→弈（尹宙碑）

27. 隸合為「艹」者

　　艸：范→范（蒼頡篇一五）

　　廿（說文：「二十并也」）：廿→卅（一號墓竹簡八八八）

　　廿（象獸頭形）：革→革（熹・易・乾文言）

　　丫：冀→冀（張遷碑）

　　艸：蒿→蒿（孔褒碑）

28. 隸合為「殳」者

　　殳（說文：「以杖殊人也」）：殷→殷（石門頌）

　　弓：假→假（北海相景君銘）

　　殳（說文：「入水有所取也」）：没→没（趙寬碑）

　　殳（說文：「小擊也」）：殼→殼（熹・儀禮・燕禮）

29. 隸合為「罒」者

罒（橫目）：蔑→蔑（張遷碑）

四（說文以爲：象窗牖形）：賣→賣（石經魯詩殘碑）

皿（說文以爲：象器皿形）：寧→寧（孔宙碑陰）

网（說文以爲：象網形）：剛→剛（北海相景君銘）

爵（說文以爲：象爵流之形）：爵→爵（睡虎地簡三〇・三八）

蜀（說文：「象蜀頭形」）：蜀→蜀（孔龢碑）

30. 隸合為「立」者

立（象人立於地上形）：立→立（史晨碑）

辛（說文：「罪也」）：音→音（史晨碑）

咅：倍→倍（譙敏碑）

午（象杵形）：〔註 10〕珸→珸（禮器碑）

31. 隸合為「凡」者

凡：凡→凡（魯峻碑）

夙：夙→夙（北海相景君銘）

卂（說文：「疾飛也」）：訊→訊（李孟初神祠碑）

32. 隸合為「勹」者

勺（段注以爲：象勺哆口有柄形）：杓→杓（石門頌）

句（段注以爲：象交結之形）：苟→苟（婁壽碑）

勹（說文：「象人曲形有所包裹」）：荀→荀（熹・春秋・昭十七年）

33. 隸合為「方」者

方（說文：「象兩舟省總頭形」）：方→方（熹・易・說卦）

㫃（㫃字一半，說文以爲：象旌旗形）：旍→旍（夏承碑）

於（說文以爲：象烏鳥形）：於→於（孔宙碑）

34. 隸合為「⺌」者

火：光→光（范氏碑）

止：徙→徙（石門頌）

〔註 10〕《說文》：「午，啎也，五月侌气啎屰昜冒地而出也，象形。」按午字甲文作 ┃（佚三八）、⫶（後下三八・八），當象杵形，即杵字初文。

米：喬→耄（劉熊碑）

35. 隸合為「扌」者

　　扌：拘→拘（熹・易・隨）

　　屮（說文：「斷艸」）：析→折（相馬經五一下）

　　毛：㸚→想（甘谷漢簡）

　　半：物→扬（居延簡甲五〇九）

36. 隸合為「尒」者

　　尒（說文：「詞之必然也」）：尒→尒（白石神君碑）

　　彡（說文：「稠髮也」）：珍→珍（鮮于璜碑）

　　𠕋（黍字下半）：黍→黍（五十二病方二三八）

37. 隸合為「夕」者

　　夕（說文以為：象半月形）：夕→夕（婁壽碑）

　　歺（說文：「剮骨之殘也」）：粲→粲（晉辟雍碑陰）

　　夕：祭→祭（史晨碑）

38. 隸合為「兆」者

　　兆（說文以為：象相背形）：兆→兆（韓仁銘）

　　兆（說文以為：象兆茮形）：兆→兆（武威簡・有司一四）

　　兆：豐→豐（孫臏一一〇）

39. 隸合為「乃」者

　　乃（說文：「象氣之難出也」）：乃→乃（史晨碑）

　　𠄏（橫弓）：烏→舄（晉辟雍碑陰）

　　尣（段注以為：象人股腳詰詘形）：纘→贊（魏王基殘碑）

40. 隸合為「曲」者

　　曲（說文：「象器曲受物之形也」）：曲→曲（正直殘碑）

　　曲：農→農（孔龢碑）

　　豊（說文以為：象行禮之器形）：禮→禮（禮器碑）

　　豐（說文以為：象豆之大者形）：豐→豐（熹・易・豐）

41. 隸合為「宀」者

　　宀（說文以為：象交覆深屋形）：守→守（張遷碑陰）

　（段注以爲：象獸牢形）：帛→牢（老子甲一二九）

　（說文：「覆也」）：冄→冥（孫臏一三四）

42. 隸合爲「爫」者

　爫：采→采（孔宙碑）

　爪（說文以爲：象爵首形）：爵→爵（曹全碑）

43. 隸合爲「八」者

　八（說文：「象分別相背之形」）：八→八（一號墓竹簡六八）

　八：頁→頁（曹全碑陰）

44. 隸合爲「卅」者：

　卅（說文：「三十并也」）：卅→世（韓仁銘）

　世（說文：「三十年爲一世」）：世→世（禮器碑陰）

45.隸合爲「市」者：

　市（說文：「買賣所之也」）：市→市（張遷碑）

　巿（說文：「艸木方盛貌」）：沛→沛（鄭固碑）

46.隸合爲「耂」者：

　耂：老→老（淮源廟碑）

　㫃（說文：「古文旅」）：睹→睹（魏封孔羨碑）

47.隸合爲「子」者：

　子（段注：「象人首與手足之形」）：子→子（禮器碑）

　子（象亭形）：郭→郭（華山廟碑）

48.隸合爲「丰」者：

　丰：逢→逢（華山廟碑）

　丰：承→承（禮器碑）

49. 隸合爲「山」者：

　山（說文以爲：象山形）：山→山（孔宙碑陰）

　屮：屮→屮（樊敏碑）

　乇（說文以爲：象物生形）：瑞→瑞（魏上尊號奏）

50. 隸合爲「而」者：

　而（說文以爲：象鬚形）：而→而（曹全碑）

而（說文以爲：象根形）：瑞→瑞（魏上尊號奏）

51. 隸合爲「示」者：

示：示→示（孫臏四）

示（說文）：漂→漂（熹・詩・蘀兮）

52. 隸合爲「歹」者：

歺：殆→殆（老子乙二四八上）

歺（說文：「水流貌」）：烈→烈（衡方碑）

53. 隸合爲「勹」者：

勹：負→負（睡虎地簡二四・三四）

勹（說文以爲：象刀形）：匊→匊（魯峻碑陰）

54. 隸合爲「千」者：

千（說文：「十百也」）：千→千（永初鐘）

氏（說文：「至也」）：活→活（魏上尊號奏）

55. 隸合爲「艮」者：

艮（說文：「很也」）：艮→艮（熹・易・艮）

艮（說文：「望遠合也」）：艮→艮（熹・易・艮）

艮（良字部分）：郎→郎（魏封孔羨碑）

艮（酒也）：爵→爵（曹全碑）

艮（說文：「穀之馨香也」）：郎→郎（孔龢碑）

56. 隸合爲「木」者：

木（象木形）：木→木（西狹頌）

木（象懸髮形）：縣→縣（睡虎地簡二三・一一）

木：染→染（老子甲四六）

木（象兩手形）：築→築（漢永建黃腸石）

木：杳→杳（老子乙一八四下）

木（說文：「分枲莖皮也」）：余→余（老子甲一二一）

57. 隸合爲「巳」者：

巳（說文以爲：象蛇形）：巳→巳（熹・春秋・僖廿七年）

弓（說文：「中宮也」）：弓→巳（西狹頌）

弓（象人側跪之形）：㠱→邑（禮器碑）

乚（說文以爲：象艸木之花未放之形）：蕑→范（晉太公呂望表）

58. 隸合為「己」者：

己：祀→祀（淮源廟碑）

弓：弓→己（史晨碑）

弓：郅→巽（熹・易・說卦）

乚：蕑→范（張遷碑陰）

59. 隸合為「二」者：

二（從二）：次→次（鮮于璜碑）

仌（說文：「象水冰之形」）：冰→冰（李冰石象）

沝（說文以爲：象眾水竝流形）：湝→湅（趙君碑）

彡（說文：「毛飾畫文也」）：彥→彥（范氏碑）

60. 隸合為「冖」者：

冂（說文：「覆也」）：冠→冠（西狹頌）

勹（說文：「象人曲形有所包裹」）：軍→軍（曹全碑陰）

61. 隸合為「ナ」者：

屮：左→左（華芳墓志）

才：杜→左（史晨碑）

62. 隸合為「少」者：

少（說文：「不多也」）：少→少（老子甲五三）

屮：省→省（元始鈁）

63. 隸合為「雨」、「雨」、「雨」者：

雨（說文：「水從雲下也」）：雨→雨（曹全碑）靁→靂（霍壺）雯→雯（石門頌）

虍（象虎頭形）：虖→霑（禮器碑側）虧→虧（北海相景君銘）虧→霑（禮器碑）

64. 隸合為「匕」者：

凶（說文：「逃也」）：皀→晨（睡虎地簡八・九）

丙（畏字下半）：畾→畏（縱橫家書一二四）

人：食→食（睡虎地簡一○・七）

仒（長字下半）：喬→長（睡虎地簡二五・三七）

65. 隸合為「夂」者：

夂：呂→各（史晨碑）

夂：晏→冬（老子甲一三八）

66. 隸合為「攵」者：

㇂：僚→條（白石神君碑）

攴：餷→敢（孔彪碑）

攵（說文：「象交文」）：澯→汶（王孝淵碑）

67. 隸合為「ハ」者：

ハ：ハ→ハ（衡方碑）

大：羙→美（老子甲九五）

分（說文：「別也」）：奧→奧（春秋事語七八）

68. 隸合為「阝」者：

邑（說文：「國也」）：𨛜→邦（魏王基殘碑）

自（說文以爲：象山無石者形）：䏶→阪（樊敏碑）

弓：郤→郤（史晨碑）

69. 隸合為「乂」者：

乂（說文：「芟艸也」）：艾→艾（尹宙碑）

彐：玤→玦（西陲簡四○・三）

70. 隸合為「又」者：

彐：彐→又（熹・公羊・僖十年）

乂：艾→艾（鮮于璜碑）

㇂：敍→叙（北海相景君銘）

71. 隸合為「六」者：

亣：亣→六（孔宙碑）

収（說文：「竦手也」）：具→具（石門頌）

大：衡→衡（晉辟雍碑陰）

72. 隸合為「林」者：

（說文：「平土有叢木」）：禁→禁（五十二病方二三六）

（說文：「葩之總名也」）：麻→麻（一號墓竹簡一五一）

：歴→歴（吳谷朗碑）

73. 隸合為「卡」者：

：⺌→卡（孫子二四）

卡（黍字下半）：黍→黍（五十二病方二三九）

米：黍→黍（華山廟碑）

74. 隸合為「目」者：

自：陳→陳（魯峻碑陰）

弓：郡→郡（北海相景君銘）

75. 隸合為「水」者：

⺌：⺌→水（熹・易・說卦）

（說文：「眾立也」）：眾→眾（吾作鏡三）

川（說文：「象水流出成川」）：泉→泉（曹全碑）

76. 隸合為「尸」者：

尸（說文：「象臥之形」）：泥→泥（三公山碑）

弓：辟→辟（武梁祠畫象題字）

77. 隸合為「臼」者：

臼（說文以為：象舂臼之形）〔註11〕：臼→臼（武梁祠畫象題字）

臼（象陷阱形）：臽→臽（西狹頌）

臼（說文以為：象小兒或動物頭形）：骨→骨（唐公房碑）

78. 隸合為「奉」者：

（從艸從屯）：春→春（孔龢碑）

（從大從廾）：泰→泰（晉辟雍碑陰）

（從午從廾）：秦→秦（禮器碑）

〔註11〕 《說文》：「臽，小阱也，從人在臼上。」段注：「古者掘地為臼，故從人臼會意，臼猶坑也。」按臽字甲文作（續二・一六・四），金文作（默鐘），正象人入於陷阱形，即陷之本字，《說文》釋義無誤。惟釋形不需強與杵臼之臼字牽合，二字形雖近，但各象其形，非同象一形，故臽字所從之臼，應改為象陷阱之形。

羴（從丰從𦥑）：𡘜→奉（史晨碑）

𡙔（從屮從𦥑）：𡙱→奏（石門頌）

第三節　隸變的規律

在分析過小篆到隸書的文字資料後，大致可以歸納出漢字隸變的規律。從總的趨勢來看，由繁變簡，使文字易學易寫，加快書寫的速度，是其主要的發展方向。具體來說，隸變的規律主要表現在兩方面：一是筆畫方式的變化，一是形體結構的變化。下文就從這兩方面來做詳細的討論。

表現在筆畫方式的變化，常見的形式大致有以下幾種：

一、變不規則的曲線和勻圓的線條為平直方折的筆畫：寫標準小篆，要筆筆勻圓，粗細一律。每下一筆，必須回旋數次。隸書用筆改圓轉為方折，變曲線為直線，一筆直下，不再繞彎子。〔註12〕篆書的圓弧筆畫到了隸書，就變成橫、點、撇、豎、捺、鈎、折等筆畫。如：

𠃌→刀（居延簡甲五〇九）

𠄌→乃（史晨碑）

大→大（孔龢碑）

巾→巾（衡方碑）

二、改連為斷：把篆書原為一筆的線條斷為兩筆或數筆，此種情形最常表現在篆書的迂曲線條上。如：

𠃑→巳（熹・春秋・僖廿七年）

弓→己（史晨碑）

木→木（西狹頌）：𠆢變成一撇一捺。

㫖→方（熹・易・說卦）

三、改斷為連：把分立的篆體線條連為平直畫。如：

霝→霊（霍壺）：四點連成兩橫

睹→睹（魏封孔羨碑）：米→米→夫→夫。

卅→世（韓仁銘）

沛→沛（鄭固碑）：㣺連成冖。

〔註12〕參考吳白匋著《從出土秦簡帛書看秦漢早期隸書》一文，頁53。

四、把篆書的一部分短線條或長線條的曲端變爲隸書的點。如：

ㄐ→才（白石神君碑）：一橫變成一點。

采→采（孔宙碑）：手的指爪變成三點。

班→班（楊統碑）：刀鋒變成點。

馬→馬（曹全碑）：馬的足尾變成四點。

五、爲避免字形相同而改變筆畫：篆書的圓弧筆畫到了隸書多變成一橫畫或一

　　豎畫，如：

大→大（孔龢碑）∩變成一。

芝→芝（魏受禪表）：∪變成一。

但有時爲了避免字形混誤，故改變筆畫以分別之，如：

木→木（西狹頌）：∩變成人。

牛→牛（孔龢碑）：∪變成乚。

若木、牛二字所從的圓弧筆畫均變成橫畫，則二字混同爲キ，不易分辨，

故二字改採不同的筆畫以分別。如：

巾→巾（衡方碑）

巾不作十或小，以與十、小二字別異。

以上即表現在筆畫方式的變化，下面再就表現在形體結構上的變化分項說

明：

一、一個篆體部件，因爲形體演變，或因所處部位的不同，而分化成幾個的隸

　　體標號，即「隸分」的現象。〔註13〕

二、若干結構不同的篆體部件併合爲同一個隸體標號，即「隸合」的現象。〔註14〕

三、省減篆體的繁複結構：從總的趨勢來看，由繁變簡，是漢字字形變化主要

　　的發展方向。隸變表現在簡化形式上的，大致有以下數種：

　　1. 省略部分筆畫：將一個字相同或相近的筆畫省略，或將鄰近相同的筆畫

加以重疊合併，而不重複書寫。如：

畫→畫（淮源廟碑）：省略日旁二豎。

皇→皇（睡虎地簡二三・一）：省略辛上一點。

〔註13〕參見本章第一節：隸分，有詳盡的舉例。

〔註14〕參見本章第二節：隸合，有詳盡的說明。

2. 省略部分形體：隸變將整個篆體的次要形體省去，如：

屙→屈（石門頌）：省略㣆。

喬→卷（劉熊碑）：省略米字下半。

3. 省略部分偏旁：爲求簡化、速捷，在書寫時，許多形聲字往往省略形符等部分偏旁，而僅保留聲符。如畔字作半，謂字作胃，趙字作肖等例。

4. 省略偏旁的重複部分：

畾→雷（禮器碑）：省略重複的田。

譱→善（張壽殘碑）：誩省爲吂。

5. 合併形體中重複的部分：

禮→禮（禮器碑）：玨合併爲丰。

屫→屐（流沙簡・小學一・八）：玨合併爲土。

四、義類相近或形近的偏旁可以通用：這類篆體部件在獨立爲字時，絕少混淆，但用爲偏旁時則往往混用無別。如：

敍→叙（北海相景君銘）：攴與彐均代表手部的動作，故於偏旁通用。

齗→齘（武威醫簡四八）：牙、耳二字因形近而混用。

五、隸變改變了有些篆字形體位置的安排：漢字以合體字佔大多數，在形體位置上，或左右，或上下，或內外安排。在隸變的過程中，有些篆字的形體位置被被改易了。如：

秌→秋（孔宙碑）：左右交換。

印→印（袁良碑）：上下改爲左右。

巒→戀（曹全碑）：上下交換。

通常，此種位置的變化都是在不會發生混淆的條件下才允許，如棗不能作棘，杏不能作呆，若有發生混誤的可能性出現，則不適用此規律。

六、爲美飾字形或避免混誤而增加筆畫：

王→玉（史晨碑）：加點以與王字分別。

㳫→湊（老子乙前一二五上）：加兩短畫以求勻稱美化。

七、分立的篆體部件併合爲一個隸體標號：

郤→郤（史晨碑）：夊併合爲土。

申→申（張景碑）：𠃜併合爲日。

八、假借字取代本字：有些篆字到了隸書時代已死亡，而被同音的假借字取代，經典並通用此假借字。如百艸的艸字，今均作草；平邍的邍字，今均作原。

九、突變：有些篆字形體結構的演化非依常軌，逸出一般規律，只能以突變稱之。如：

　　𥄂→夙（北海相景君銘）：由左右並列變爲內外式。

　　𤕟→讓（史晨碑）：𤕟變爲廿。

　　以上是隸變大致的規律，雖不能涵括盡所有演化的情況，但大致不出其右。藉由隸變規律的探討，庶幾可一窺整個漢字演變的概況。

第四節　小　結

　　《說文》分爲五百四十部，其後梁顧野王著《玉篇》，仿《說文》體例，分爲五百四十二，表面上只增加了兩部；事實上，《玉篇》刪掉了《說文》十一部，增加十三部，故共有二十四部變動。如此的差異，起因於《說文》所收爲小篆，而《玉篇》收錄的則是南北朝時盛行的楷書，漢字由小篆發展至楷書，字形結構已產生變化，不再適合原有的分類，故有所增刪。

　　在隸變的過程中，篆體部件有分化和混同兩大傾向。分化多爲了書寫迅捷，或爲了遷就偏旁位置以求形體方正美觀所致；混同則是將形體相近的篆體部件化同爲一個最常見的隸體標號。也可以說，隸分使得文字複雜化、多樣化，隸合則使文字單純化、簡單化。顧野王已察覺到篆與楷間形體的差異，不得不做修正。現今字典多分爲二百零四部，不及《說文》與《玉篇》分部之半數，由此可見隸合多於隸分，致使漢字更加易記、易寫，亦符合文字趨於簡化的理論。

　　除了由篆體部件到隸體標號間的分合外，古文字如何過渡到隸楷，是否有規律可循？隸變規律的歸納，有助於對古今文字演化的瞭解。篆隸最大的差異在於形構與筆勢兩大方面，自此二方向入手，即可歸納出其演變的法則。對此問題，吳白匋、裘錫圭、姜寶昌諸君皆曾論及，繁簡不一，本文亦就研究所及提出一點意見，以供參考。

第六章　結　論

文字改易的過程叫做「演化」。其實每一種改易的開始時，總是很微細的，不易辨覺的小差別，筆畫的肥、瘦、長、短、斜、正，在有意無意間所產生的極小的差別，時間一久了，經過若干人的摹仿和改易，這種差別更明顯起來，就變成一種新體了。篆書變成隸書，隸書變成楷書，便均由演化而產生。〔註1〕一般人只會注意到出現了新的文字，卻忽略了文字與文字間的演化，演化才是產生新文字的原動力。因此，欲明白引筆的篆書如何會變成一波三折的隸書，便需要先瞭解篆書改易為隸書的過程－隸變。

漢字的演化史也就是新舊字體的交替史。字體之所以產生演變，「草體」是一大關鍵。文字是致用的工具，故除了要求辨認清楚外，亦要求書寫便利。在這兩種不同的要求下，便有「正體字」與「草體字」的產生。符合統一、固定、易於辨認等要求的稱之為正體；反之，為了書寫的便捷，而沒有統一、固定形體的，即為草體。有正體也就一定有草體，二者是對立而並存的。因此，各種書體不論籀、篆、隸、楷，必定有其相對的草體。

正體字雖有正確易識的優點，但使用久了便稍嫌僵化、不利書寫。在求新求速的心理下，便會有新體字自舊體（正體）中萌芽發展，此即所謂的「草體」、「俗體」。草體慢慢被普遍接納而肯定，乃臻於成熟流行；因其漸趨穩定便易定型而標準化，此時即由草體躍居為正體，取代了舊體的地位。舉例來說，因為

〔註1〕參考唐蘭《中國文字學》一書，頁116。

篆書要求筆筆方圓，不易書寫，致有隸書的產生，初時，隸書僅爲篆書的草體，待其發展成熟，便取代了篆書正體的地位。但隸書逐漸成爲正體的同時，隸書的草體也同時正在逐漸孳長著。正草之間便是如此反覆循環、轉換，隸變也就在正體與草體的對立中產生。

書寫工具對書體亦有其影響。在長沙左家公山戰國墓和雲夢睡虎地秦墓均有毛筆出土，其形制爲鋒長腰細的長毫小楷。因其毫身修長，故筆腰之圓聚力可能較爲不足。以這樣的形制要寫出整飾工整、環弧較多的古文字，恐甚費力，應較宜於「筆畫化」之手寫。〔註2〕秦簡採用秦隸，而不用小篆記文，除了當時民間流行隸書外，小篆不適於毛筆墨書，亦是原因之一。復因毛筆質輕細軟，故書寫時易牽絲勾連，不似鑄刻需筆筆斷開，因此墨書文字自然較篆刻文字簡率，異體叢生，隸變即萌芽於其中。

影響隸變的還有一大因素，即漢字的規範化。而影響漢字規範化的又有三大因素－美觀、速捷與精確。文字雖講究致用，但亦兼求美觀，商周的銅器文字便有許多不同的風格，或典雅、或秀麗、或凝重，風格各異。春秋以後，地方文化逐漸抬頭，在書法上也是各分畛域，其中以東方的鳥蟲書，是最講究裝飾的。到了戰國末年，一般文字均趨向致用，隸書草書代小篆而興，都是因其草率致用。可是到了東漢，隸草發展成熟，便又於點畫上要求美觀，書法眞正成爲一門藝術，即起於此時。藝術是求新求變的，一個書體發展到極致已是眾美兼陳，不容易有新的突破，只好另創新書體。因此，若是一個書體已成爲藝術字，那也就表示它將沒落，轉而被新書體取代。隸書取代小篆，楷書又取代隸書，均同受此因素影響。

相同地，若只一味求美觀，必定忽略了文字致用的特性，故此時必將有一種求速捷的新書體產生。但文字的演化若只求速捷、美觀，則很容易造成字形混淆，不易辨識，失去文字表達語言的本義，因此精確是文字演化最後必定會考慮到的因素，以節制文字的混淆。

漢字數量多而不亂，不僅能適應漢語的發展，並且能滿足社會需要，成爲世界上最悠久的文字之一，主要原因是「規範化」起了重要作用。〔註3〕隸書之

〔註2〕參考謝宗炯《秦書隸變研究》一書，頁70。
〔註3〕參考高明《中國古文字學通論》一書，頁18。

所以能代篆書而興，盛行於秦漢兩代，至今仍通用，便是因爲它能符合漢字規範化的趨勢之故。

漢字規範化主要有三個方法－簡化、繁化、訛化，漢字不僅在字體結構方面進行簡易，書寫方式也在簡化。例如篆書變爲隸書，便遵循簡化規律在進行。文字爲了便於書寫，要求形體省略，有簡化的趨勢；但爲便於理解，要求音義明確，又有繁化的趨勢。因此，簡化和繁化時常是共存的，沒有簡化就不會有繁化，同時沒有繁化又不會有簡化，二者是交互變化的。許多簡化和繁化的字，則是受了訛化作用所致。由於形體結構相近，或爲了書寫的方便，以及受行文中前後字的互相影響等原因致產生訛化，舉隸變爲例，在小篆時期有些字的筆畫結構是不同的，在隸變過程中經過訛化，筆畫結構在隸書中變得一部分相同了。

在本文第三、第五兩章的討論中，可以看到簡化、繁化和訛化三種漢字規範化的方法，對隸變產生的影響。經此劇大變革，漢字才擺脫古文字的束縛，發展成今文字的樣貌。

文字的演化是一奧妙、複雜的問題。對此問題，秦簡文字有三項貢獻。

1. 正隸書之起源與發展

2. 明隸變之跡

3. 存古形古義

前兩項可分見於本論文第三、四、五章的敘述。第三項茲於此舉數例說明。

1. 厄 (古文字形)

《說文》厄、軛二字別義。查厄字金文作 (古文字形)（彔伯簋）、(古文字形)（輪鎛），正象車軛之形，故知厄字實爲軛字之初文，爲車軛之本字。《詩經・韓奕》：「鞗革金厄」，秦簡《法律答問》：「以火炎其衡厄」，正用厄之本義，從車作軛，當在厄字用爲困厄義後。

2. 北 (古文字形)

北字相二人相北之形，爲背字初文，後因借假爲北方義，故有從肉的背字產生。秦簡無背字，相背義均用北字，存北字古義。

3. 貣 (古文字形)

《說文》：「貸，施也」，又：「貣，從人求物也」。段注：「求人施人古無貣、

貸之分……經史內貸、貸錯出，恐皆俗增人旁」。秦簡不論求人、施人義，字均作貸，證段說為確。

4. 荆 荆 荆

《說文》：「荆，罰罪也」又「刑，剄也」，段注：「按荆者五貸也，凡荆罰、典荆、儀荆皆用之。刑者剄頸也，橫絕之也，此字本義少用，俗字乃用刑為荆罰、典荆、儀荆字。」罰字典籍通用作刑字，秦簡仍作荆，保留古形古義。

秦簡中有許多字，其形不同於小篆而同於籀文、古文，且又保留了許多古字形義，由此益可證隸書非小篆演化而成，它是承古文字演化，其起源不會晚於小篆。而文字的古形義藉由秦簡流傳下來，也有助於對古文字的詮解，及古籍的校讀。

戰國文字是漢字樣貌最複雜的階段，文字演化劇烈，古文字漸趨沒落，今文字則蠢蠢欲動，有取古文字而代之的傾向。在此文字多變的階段中，各國文字均朝簡化發展，故不乏研究隸變的材料，如侯馬盟書、楚簡、楚帛書、秦兵器刻銘等，都有隸書的影子。

參考書目

（依出版年月先後排列）

一、專　書

1. 《說文解字注》，（漢）許慎撰（清）段玉裁注，臺北，黎明，1986 年 10 月。

2. 《說文通訓定聲》，（清）朱駿聲，臺北，藝文，1975 年 8 月。

3. 《璽印文字徵》，羅福頤，臺北，藝文，1974 年 4 月。

4. 《漢簡文字類編》，王夢鷗，臺北，藝文，1974 年 10 月。

5. 《古文字學導論》，唐蘭，臺北，洪氏，1978 年 7 月。

6. 《文史集林（第三輯）》，木鐸編委會，臺北，木鐸，1980 年 11 月。

7. 《雲夢睡虎地秦墓》，《雲夢睡虎地秦墓》編寫組，北京，文物 1981 年 9 月。

8. 《睡虎地秦墓竹簡》，臺北，里仁，1981 年 11 月。

9. 《中山壬嚳器文字編》，張守中，北京，中華，1981 年。

10. 《竹簡帛書論文集》，鄭良樹，臺北，源流，1983 年 12 月。

11. 《中國文字學》，龍宇純，臺北，學生，1984 年 9 月。

12. 《漢簡研究文集》，甘肅省文物工作隊等，蘭州，甘肅人民，1984 年 9 月。

13. 《漢簡文字的書法研究》，鄭惠美，臺北，國立故宮博物院，1984 年 12 月。

14. 《秦漢魏晉篆隸字形表》，漢語大字典字形組，成都，四川，辭書，1985 年 8 月。

15. 《楚帛書》，饒宗頤、曾憲通，香港，中華，1985 年 9 月。

16. 《古文字類編》，高明，臺北，大通，1986 年 3 月。

17. 《金文編》，容庚，京都，中文，1986 年 3 月。

18. 《書法心理學》，高尚仁，臺北，東大，1986 年 4 月。

19. 《中華五千年文物集刊——簡牘篇二、三》，吳昌廉，臺北，中華五千年文物集刊編輯委員會，1986 年 5、6 月。

20. 《雲夢秦簡研究》，不著編者，臺灣，帛書，1986 年 7 月。

21. 《隸書入門》，左宜有、江文雙，臺北，藝術圖書，1987 年 5 月。

22. 《漢字學》，蔣善國，上海，上海教育，1987 年 8 月。

23. 《簡牘概述》，林劍鳴，臺北，谷風，1987 年 9 月。

24. 《文字學教程》，姜寶昌，濟南，山東教育，1987 年 9 月。

25. 《馬王堆漢墓帛書竹簡》，李正光，長沙，湖南美術，1988 年 2 月。

26. 《漢語古文字字形表》，徐中舒，臺北，文史哲，1988 年 4 月。

27. 《中國新出土的書》，西林昭一，東京，二玄社，1989 年 2 月。

28. 《戰國文字通論》，何琳儀，北京，中華，1989 年 4 月。

29. 《常用古文字字典》，壬廷林，臺北，文史哲，1989 年 10 月。

30. 《金文續編》，容庚，京都，中文，1990 年 2 月。

31. 《秦簡文字編》，張世超、張玉春，京都，中文，1990 年 12 月。

32. 《中國文字學》，唐蘭，臺北，開明，1991 年 10 月。

33. 《漢字的起源與演變論叢》，李孝定，臺北，聯經，1992 年。

34. 《中國文字與書法》，李堅持，臺北，木鐸，不著出版年月。

35. 《中國古文字通論》，高明，北京，文物，不著出版年月。

36. 《睡虎地秦墓竹簡》，不著編者，香港，廣雅社，不著出版年月。

二、期刊論文

（一）青川郝家坪木牘

1. 〈青川縣出土秦更修田律木牘——四川青川縣戰國墓發掘簡報〉，《文物》，1982 年第一期，頁 1～16，1982 年 1 月。

2. 〈釋青川秦墓木牘〉，于豪亮，《文物》，1982 年第一期，頁 22～24，1982 年 1 月。

3. 〈青川出土木牘文字考〉，李昭和，《文物》，1982 年第一期，頁 24～27，1982 年 1 月。

4. 〈釋青川秦牘的田畝制度〉，楊寬，《文物》，1982 年第七期，頁 83～85，1982 年 7 月。

5. 〈青川新出秦田律木牘及相關問題〉，黃盛璋，《文物》，1982 年第九期，頁 71～75，1982 年 9 月。

6. 〈青川郝家坪木牘研究〉，李學勤，《文物》，1982 年第十期，頁 68～72，1982 年 10 月。

7. 〈青川秦墓木牘內容探討〉，林劍鳴，《考古與文物》，1982 年第六期，頁 62～64，

1982 年。

8. 〈秦田律考釋〉，田宜超、劉釗，《考古》，1983 年第六期，頁 545～548。

9. 〈四川青川秦墓爲田律木牘考釋〉，胡澱咸，《安徽師大學報》，1983 年第三期，頁 57～65，1983 年。

（二）天水放馬灘秦簡

1. 〈甘肅天水放馬灘戰國秦漢墓群的發掘〉，《文物》，1989 年第二期，頁 1～11，1989 年 2 月。

2. 〈天水放馬灘秦墓出土地圖初探〉，何雙全，《文物》，1989 年第二期，頁 12～22，1989 年 2 月。

3. 〈天水放馬灘秦簡綜述〉，何雙全，《文物》，1989 年第二期，頁 23～31，1989 年 2 月。

4. 〈天水放馬灘秦簡甲種《日書》釋文〉，秦簡整理小組《秦漢簡牘論文集》，蘭州，甘肅人民，頁 1～6，1989 年 12 月。

5. 〈天水放馬灘秦簡甲種《日書》考述〉，何雙全，《秦漢簡牘論文集》，蘭州，甘肅人民，頁 7～28，1989 年 12 月。

6. 〈放馬灘簡中的志怪故事〉，李學勤，《文物》，1990 年第四期，頁 43～47，1990 年 4 月。

7. 〈天水放馬灘秦簡《月建》應名《建除》〉，鄭文寬，《文物》，1990 年第九期，頁 83～87，1990 年 9 月。

8. 〈從天水秦簡看秦統一前的文字及其書法藝術〉，毛惠明，《書法》，1990 年第四期，頁 41～44，1990 年 7 月。

（三）雲夢睡虎地木牘

1. 〈湖北雲夢睡虎地十一座秦墓發掘簡報〉，《文物》1976 年第九期，頁 51～61，1976 年 9 月。

2. 〈雲夢秦墓兩封家信中有關歷史地理的問題〉，黃盛璋，《文物》，1980 年第八期，頁 74～77，1980 年 8 月。

（四）雲夢睡虎地秦簡

1. 〈雲夢睡虎地秦簡概述〉，季勛，《文物》，1976 年第五期，頁 1～6，1976 年 5 月。

2. 〈參加雲夢秦墓發掘的幾點認識〉，《文物》，1976 年第五期，頁 7～8，1976 年 5 月。

3. 〈湖北雲夢睡虎地十一號秦墓發掘簡報〉，《文物》，1976 年第六期，頁 1～10，1976 年 6 月。

4. 〈睡虎地秦簡《編年記》的作者及其思想傾向〉，商慶夫，《文史哲》，1980 年第四期，頁 65～72，1980 年。

5. 〈雲夢出土竹簡秦律之研究〉，大庭脩，《簡牘學報》，第七期，頁 340～357，1980年。

6. 〈舉世笑談「睡虎地秦墓竹簡」〉，馬先醒，《簡牘學報》，第七期，頁 395～398，1980 年。

7. 〈簡牘學報——秦簡研究專號〉，第十期，1981 年 7 月。

8. 〈雲夢秦簡編年記相關史事叢斠兼論編年記性質〉，梁文偉，臺大中文研究所博士論文，1981 年。

9. 〈睡虎地秦簡《日書》與楚秦社會〉，李學勤，《江漢考古》，1985 年第四期，頁 60～64，1985 年。

10. 〈秦簡「語書」校釋〉，吳福助，《東海中文學報》，第五期，頁 27～40，1985 年 6 月。

11. 〈秦簡「語書」論考〉，吳福助，《東海中文學報》，第七期，頁 33～70，1987 年 7 月。

12. 〈新版「睡虎地秦簡」擬議〉，吳福助，《東海中文學報》，第八期，頁 67～85，1988 年。

（五）其 他

1. 〈漢代的「史書」與「尺牘」〉，勞幹，《大陸雜誌》，第二十一卷第一、二期合刊，頁 69～72，1960 年。

2. 〈關於古代字體的一些問題〉，啓功，《文物》，1962 年第六期，頁 30～49，1962 年 6 月。

3. 〈中國文字在秦漢兩代的統一與變異〉，馮翰文，《學記》，第二期，頁 27～54，1969 年 11 月。

4. 〈從出土秦簡帛書看秦漢早期隸書〉，吳白匋，《文物》，1978 年第二期，頁 48～54，1978 年 2 月。

5. 〈篆隸摭談〉，曹緯初，《文史學報》，第八期，頁 35～57，1978 年 6 月。

6. 〈說隸書〉，杜忠誥，《藝壇》，第一三〇卷，頁 13～16，1979 年 1 月。

7. 〈秦權研究〉，巫鴻，《故宮博物院院刊》，1979 年第四期，頁 23～47，1979 年 11 月。

8. 〈從書法中窺測字體的演變〉，郭紹虞，《現代書法論文選》，上海書畫出版社，上海，上海書畫出版社頁 333～360，1980 年 6 月。

9. 〈古代文字之辨證的發展〉，郭沫若，《現代書法論文選》，上海書畫出版社，上海，上海書畫出版社頁 286～405，1980 年 6 月。

10. 〈秦代篆書與隸書淺說〉，馬子云，《故宮博物院刊》，1980 年第四期，頁 57～61，1980 年 11 月。

11. 〈略論漢字形體演變的一般規律〉，高明，《考古與文物》，1980 年第二期，頁 118 ～125，1980 年。

12. 〈漢字演變的幾個趨勢〉，李榮，《中國語文》，1980 年第一期，頁 5～20，1980 年。

13. 〈戰國秦漢簡牘文字的變遷〉，江村治樹，《東方學報》，第五十二期，頁 233～297，1981 年。

14. 〈談戰國文字的簡化現象〉，林素清，《大陸雜誌》，第七十二卷第五期，頁 19～30，1986 年 5 月。

15. 〈篆隸初階〉，石叔明，《故宮文物月刊》，第四卷第七期，頁 70～86，1986 年 10 月。

16. 〈新發現簡帛與秦漢文化史〉，李學勤，《李學勤集》，哈爾濱，黑龍江教育出版社，頁 310～321，1989 年 5 月。

17. 〈釋簡牘文字中的幾種符號〉，高大倫，《秦漢簡牘論文集》，蘭州，甘肅人民出版社，頁 291～301，1989 年 12 月。

18. 〈從馬王堆一號漢墓「遣冊」談關於古隸的一些問題〉，裘錫圭，《考古》，1974 年第一期，頁 46～55，1974 年。

19. 〈隸書‧八分〉，王壯爲，《中央月刊》，第五卷第十二期，頁 198～202。

20. 〈古文字發展過程中的內部調整〉，趙誠，《古文字研究》第十輯，頁 350～365。